행복한 택배 기사

지식을 찾고 즐깁니다

행복한 택배 기사

임동욱 지음

휴먼큐브

차 례

●

행복한 택배 기사

송도의 어느 택배맨

평범한 신문 기자 클라크 켄트는 빨간색 공중전화 부스에서 옷을 갈아입고 나오면 슈퍼맨으로 변신합니다(영화 〈슈퍼맨〉 시리즈). 작업용 옷을 입으면 '부캐'인 택배 집하 기사가 되는 나와 비슷하죠. 클라크 켄트는 슈퍼맨이 되어 세상을 구하며 평화를 지키고, 나는 택배 기사가 되어 사람들에게 작은 택배 상자를 배송한다는 차이가 있지만요. 또 차이가 있다면 슈퍼맨은 슈퍼맨이 '본캐'고, 나는 택배 기사가 '부캐'라는 정도일 겁니다. 그래도 옷차림 하나로 본캐와 부캐를 넘나든다는 점은 같습니다.

작업용 모자와 장갑, 운동화 그리고 헤드폰을 착용하면

나는 행복을 배송하는 택배 기사가 됩니다. 내가 배송하는 택배에는 그 물품을 간절히 기다리는 사람들의 행복이 함께합니다. 택배를 받고 행복해하는 사람들의 얼굴을 떠올리면 나도 행복해지고 뿌듯함까지 느껴지죠. 클라크 켄트가 빨간 수트로 본캐와 부캐를 넘나들며 슈퍼파워를 써서 세상을 구하는 슈퍼맨이라면, 나는 작업복으로 본캐와 부캐를 넘나들며 송도 곳곳에 행복을 전하는 택배맨입니다.

내 본캐의 일상은 새벽에 시작됩니다. 새벽 4시 30분이면 알람이 울리지 않아도 어김없이 눈이 떠져요. 가장 먼저 블로그에 올릴 글을 쓰는데, 조용한 거실의 탁자에 홀로 앉아 글을 쓰고 유튜브를 보는 이 시간이 참 행복합니다. 유튜브로는 세계 주요 뉴스와 주식 시장 상황을 확인하고, 관심 있는 채널을 보면서 생각을 정리하기도 해요. 모바일앱을 최신 버전으로 업데이트하듯 나를 업데이트하는 거죠. 언젠가 오디오북으로 읽은 『정신과 의사의 서재』를 정리할 땐 이런 생각도 했습니다.

'이 책을 쓴 의사처럼 언젠가 나도 작가가 될 수 있지 않을까?'

오디오북을 들으며 공원에서 운동하는 것으로 새벽 일정이 마무리됩니다.

몇 년 전만 해도 새벽같이 택배 터미널로 출근해 물류를 싣거나 인천 골목을 누비며 반찬을 배송하느라 이런 일정은 불가능했지만, 지금은 새벽이 무척 여유롭습니다.

아침에는 송도에서 가장 높은 포스코타워에 위치한 공유 오피스로 출근합니다. 본캐의 일이 시작되는 것이죠.

나는 몇 년 전부터 글로벌 테크기업의 한국지사장으로 일하고 있습니다. 일하는 사람이 지사장인 나 하나뿐인 1인지사로 시작했는데, 이 책의 출간을 준비하는 사이에 직원들을 채용했습니다. 해외지사에서 파견을 온 직원도 있고요.

오전에는 영업 미팅 보고서 작성을 비롯한 서류 업무를 처리하고, 오후에는 수도권의 고객사를 방문하는 게 주 업무입니다. 주로 일대일 미팅을 하는데, 가끔은 해외지사의 기술지원팀이 온라인으로 같이 참여해요. 그러면 내가 통역까지 담당하죠. 사람들을 적극적으로 찾아가 회사의 상품과 기술을 설명하고, 전시회나 박람회 같은 공적인 자리에서 프레젠테이션까지 해야 합니다. 스타트업 실패 후 우울증과 대인기피 증세를 겪던 시절에는 상상도 못 한 일이 일상이 된 겁니다.

오후 6시. 직장인들이 가장 기다리는 퇴근 시간입니다. 나도 마찬가지로 사무실에서 퇴근하지만, 다른 직장인과 달리 다시 출근하며 부캐의 하루가 새로 시작돼요. 인천 송도에 있는 스마트밸리 지식산업단지로 출근해 작업용 모자와 장갑, 운동화까지 착용한 다음 머리에는 헤드폰을 씁니다. 오디오북을 재생하며 부캐인 택배 집하 기사로 로그인을 하죠.

먼저 지하 1층에 주차해둔 트럭의 짐칸에서 손수레를 하나 챙기고, 화물 엘리베이터를 타고 지상 1층에서 수레를 하나 더 챙겨 23층으로 이동합니다. 하루 사이 고객들이 주문한 커피 상자가 팰릿*가득 쌓여 있죠. 에스프레소 향에 둘러싸여 상자를 하나하나 스캔하고, 수레에 싣고 지하로 내려가 트럭 짐칸에 차곡차곡 쌓아야 합니다. 23층부터 1층의 트럭까지 옮기는 데 걸리는 시간은 30분 정도인데, 물량이 많은 날에는 1시간 넘게 걸리기도 해요. 보통 월요일이나 마케팅 프로모션을 진행한 날이 그렇습니다.

---

* 팰릿(pallet) : 화물을 쌓는 틀이나 대.

상자가 쓰러지지 않게 잘 정리한 뒤, 트럭을 몰아 중구 항동의 물류 터미널로 이동합니다. 운전하다 보면 해가 지기 시작하는데, 차창 너머의 석양은 매일같이 봐도 늘 새롭고 아름다워서 꼭 선물 같아요. 길게 정차할 땐 사진이나 짧은 영상을 찍어 블로그나 SNS로 공유도 합니다. 인천대교 뒤로 지는 태양을 보고 있으면 그 순간을 영원히 간직하고 싶고, 누군가와 공유하지 않고는 못 견딜 것만 같아서요. 석양의 아름다움을 한껏 누리고 터미널에 도착하면 커피 상자를 컨베이어 벨트에 올리거나 주차장의 다른 대형 트럭 짐칸에 옮겨 실어야 합니다. 그리고 트럭을 몰아 다시 스마트밸리에 주차해 놓죠. 거기서 갤로퍼로 옮겨 타 집으로 퇴근하면 하루 일이 마무리됩니다.

이렇게 새벽에는 주식과 코인 투자자의 삶이, 아침부터 오후까지는 테크기업의 한국지사장과 반찬기업 인천 점주의 삶이, 마지막으로 늦은 오후부터 밤에는 행복 배송원의 삶이 이어지며 평범한 택배 기사의 다중생활이 반복됩니다.

나는 한때 실리콘밸리의 화이트칼라 종사자였으나 몇 년 전 실패와 우울증 끝에 생계를 위해 어쩔 수 없이 택배 기사가 됐습니다. 그러다 사람들이 택배를 간절히 기다리고 택배를 받으면 몹시 행복해하는 모습을 보며 보람을 느끼기 시작했어요. 내가 사람들에게 행복을 배송하는 것 같았죠. 지금은 글로벌 테크기업의 한국지사장으로 일하며 더는 택배 일을 하지 않아도 되는 상황이지만, 나는 일부러 시간을 내서 부업으로 택배 집하 일을 계속하고 있습니다. 한때 본캐였던 택배 기사가 이제는 부캐가 되었고, 나는 몸이 허락하는 한 영원히 행복을 배송하는 내 부캐를 유지하고 싶습니다.

이제 행복을 배송하는 택배 기사의 이야기를 시작하겠습니다.

인천대교 석양

실리콘밸리에서
판교테크노밸리 그리고
스타트업으로

한때 글로벌 게임회사의 미국지사장으로서 회사가 제공한 집에 살며 회사가 제공한 차를 타고 출근해 실리콘밸리의 넓은 사무실에서 일하고, 와이너리며 보트 투어에도 초대받는 화려한 삶을 살았다. 그러다 회사가 라이벌기업에 합병되며 미국지사가 정리돼 어쩔 수 없이 귀국했고, 판교테크노밸리를 거쳐 스타트업 창립 멤버가 되었다. 그러나 탄탄대로일 거라고 자신하던 앞날은 자꾸만 예기치 못한 곳으로 나를 데려갔다. 높은 곳에서 부와 명예를 쥐는 것을 당연시했는데 나는 자꾸만 아래로 내려갔고, 손에 쥐고 있던 것은 계속 빠져나가기만 했다.

1

실리콘밸리에서 팔레스타인으로

미국 생활을 시작한 것은 한국 모바일 게임회사의 미국 주재원이 된 30대 초반의 일입니다. 가족들까지 이끌고 낯선 곳에 정착해야 한다는 부담감도 잠시, 미국에서의 일상은 기대 이상이었습니다. 회사에서 제공한 집에서 사랑하는 가족들과 함께 아침을 먹고, 회사에서 제공한 차를 운전해 출근했지요. 회사에서는 각 분야의 전문가인 동료들과 어울려 일했습니다. 실리콘밸리의 일원이 되어 IT 업계를 이끌고 있다는 뿌듯함을 매일 느꼈습니다.

실리콘밸리는 아주 역동적인 곳입니다. 하룻밤 사이에도 어느 스타트업은 어마어마한 금액의 투자를 받았고, 어느 스타트업은 대기업에 인수됐고, 기업공개*를 한 스타트업은 대박이 났다는 소식이 전해졌지요. 정보기술 온라인 매체인 「테크크런치Tech Crunch」에 얼마 전까지 함께 비즈니스 미팅을 하던 창업자의 기사가 실리는 것도 심심치 않게 볼 수 있었고요.

그런 곳에서 일하니 마치 IT의 중심에 와 있는 듯했습니다. 다가오는 IT 트렌드를 한발 빠르게 알 수 있다는 것도 실리콘밸리의 장점이었습니다. 게임회사에 있다 보니 게임 앱의 사전 테스트를 위해 다양한 기기를 접했습니다. 막 출시된 전자 기기를 사서 미국지사에서 사용하거나 한국 본사로 보내는 일도 종종 있었습니다. 애플의 아이패드가 처음 출시됐을 때도 마찬가지였습니다. 10대를 구매해 본사로 보내고, 저도 하나 가지고 있다가 한국에 출장을 갔습니다. 지하철에서 아이패드를 꺼내니 사람들이 신기하게 쳐다보더군요. 그렇게 캘리포니아 LA의 토런스에서 3년, 실리콘밸리의 쿠퍼티노에서 4년 반, 총 7년 반동안 가슴 부푸는 삶이 이어졌습니다.

그런데 쿠퍼티노에 살던 도중 본사가 경쟁사에 인수되

---

* 기업공개 : 기업의 주식을 일반 대중에게 분산하고 재무 내용을 공개하는 일.

고 말았습니다. 해외지사도 곧 정리될 게 뻔했기에 미국에 더 머물 수 있도록 영주권을 신청해야 했습니다. 미국 생활 8년 만에 신청한 영주권은 다소 늦은 감이 있었지만, 걱정은 없었습니다.

"아직은 한국 최고의 모바일 게임회사 소속이고, 미국지사 매출도 좋으니까 괜찮겠지."

이민 변호사를 통해 서류를 제출한 후 남은 건 심사 결과를 기다리는 것과 퇴사뿐이었습니다. 퇴사는 빠르게 진행됐고, 수년간 한국과 미국의 시차를 극복하며 일에만 몰두했던 제게 꿈 같은 여유가 찾아왔습니다. 회사를 통해 계약한 집에서 살고 있었던 터라, 퇴사한 뒤 가족들과 살 곳을 찾아야 했습니다. 저는 큰 문제로 보지 않았습니다. 오히려 가족들과 하와이에서 휴가를 보내며 예전부터 꿈꿨던 DTSDiscipleship Training School의 선교 과정을 밟을 기회라고 생각했지요. 아쉽게도 하와이 휴가 계획은 이루어지지 않았습니다. 한국에 계시는 장인어른이 뇌졸중 수술을 받게 되며 저와 가족들도 한국으로 돌아가기로 했거든요. 그런데 예기치 못한 일은 여기서 끝이 아니었습니다. 팔레스타인에 계시다 제가 다니던 새너제이 온누리 교회를 방문한 선교 사님과의 만남이 저를 '뜻밖의 여정'으로 이끌었습니다.

시작은 카메라였습니다. 선교사님은 중동 지역의 유목 민족인 베두인족 어린이 교육에도 힘쓰고 계셨는데, 이를 위해 디지털카메라가 필요한 상황이었습니다. 저는 교회 커뮤니티에 글을 올려 카메라를 몇 대 기증받아 전달했습니다. 그때 팔레스타인 이야기를 들을 수 있었지요.

세계에는 교류가 어렵고 다른 사회로부터 고립된 지역이 여럿 있는데, 팔레스타인은 그중에서도 독특한 곳이었습니다. 자연적인 장벽으로부터 오는 인력과 물자의 교류 제한이 아닌 종교적인 장벽으로 인한 차별과 통제를 겪고 있었지요. 선교사님에게 들은 팔레스타인의 상황은 제 생각보다 심각했습니다. 빈곤과 종교에 따른 차별은 물론, 전쟁 중이라 어린이와 여성도 늘 위험에 노출되어 있었지요. 그 일을 계기로 팔레스타인에 관심을 가지게 된 저는 우여곡절 끝에 시장 조사 전문가로서 한국국제협력단(KOICA) 프로그램에 참여했습니다. 열흘간 팔레스타인의 정부 기관과 스타트업 액셀러레이터, 스타트업을 방문할 수 있었습니다. 그중 2박 3일 동안에는 게임 마케팅 워크숍을 진행했습니다. 어쩌다 스타트업과 연관이 전혀 없는 제가 선정되었는지 의아했습니다. 아마 이스라엘과 하마스의 분쟁 후라 지원자가 부족해 저에게까지 기회가 왔던 것 같습니다. 가족들의 반대마저 무릅쓰고 팔레스타인으로 향한 것은 제 인생의 가장 중요한 결정 중 하나였습니다. 이 뜻밖의 여정은 제 인생을 예상치 못한 방향으로 인도했지요.

팔레스타인에 가기 위해서는 먼저 이스라엘로 가야 했습니다. 이스라엘 상공을 지키고 있을 아이언돔*을 떠올리며 텔아비브Tel Aviv 공항에 도착했습니다. 무사히 착륙한 뒤 승객들의 박수 소리를 들으니 그제야 안심이 되며 이 안전을 제공해준 분들에게 감사한 마음이 들었습니다.

전문가에게 팔레스타인 시장에 대한 설명부터 듣고, 한국국제협력단 팔레스타인지소 소장님을 비롯한 프로젝트 참여자들과 함께 국경검문소를 지나 팔레스타인으로 들어갔습니다. 외교 번호판 덕분에 입국은 원활했지만 내내 긴장감이 감돌았습니다. 카투사로 복무하며 공동경비구역에 방문했던

---

* 아이언돔(Iron Dome) : 이스라엘에서 개발한 단거리 대공 미사일.

이스라엘 측 분리 장벽

팔레스타인 측 분리 장벽

때의 심정과 비슷했지요. 그러면서도 '이스라엘의 분리 장벽 너머 팔레스타인에도 과연 창업자와 스타트업이 있을까?' 하는 의문이 들었습니다.

복잡한 마음으로 검문소를 지나고 나자, 마치 타임머신을 타고 몇십 년 전으로 돌아간 것만 같았습니다. 장벽 안과 밖은 격차가 하늘과 땅만큼 컸습니다. 좁고 구불구불한 비포장도로와 오래된 건물로 도시는 더 무질서해 보였습니다. 강수량이 부족해서인지 혹은 이스라엘이 물 공급을 엄격하게 통제한 탓인지, 땅에서는 풀 한 포기 찾아보기 힘들었습니다. 심지어 모든 건물이 석회로 마감돼서 도시 전체가 완전히 흙빛으로 보였습니다. 뉴스를 통해서 접한 분쟁은 주로 가자지구의 일이었고, 제가 방문한 라말라Ramallah는 비교적 안전한 서안지구의 행정수도였기에 더욱 큰 충격으로 다가왔습니다.

멀리서 보면 그저 평화롭기만 했습니다. 이스라엘과의 분쟁도 하마스와의 무력 충돌도 먼 얘기 같았지요. 하지만 언제라도 폭동이 시작돼 전쟁으로 이어질지 모르는 위험한 지역이었습니다. 얼마 전까지만 해도 로켓과 미사일이 날아다니며 수많은 사상자가 나온 곳이라고 생각하면 긴장을 놓을 수가 없었습니다.

그런 상황에서 열린 마케팅 워크숍은 다행히 성공적으로 마무리됐습니다. 이론보다 실제 사례 분석에 초점을 둔 게 성공 요인이었고, 7년 동안 미국 시장에서 여러 모바일 게임을 성공시킨 경험도 도움이 됐습니다. 창업자들은 모의 마케팅 계획을 세워 발표도 하고 평가도 주고받았습니다. 한 창업자는 "게임 개발사가 아니라 배급사의 입장에서 생각하게 됐다."라며 워크숍이 만족스러웠다는 감상을 남겼지요.

의료 스타트업 '모비스틴Mobistine'의 대표로 워크숍에 참여했던 창업자는 예루살렘 구시가지 투어까지 도와줬습니다. 다마스쿠스 문을 통해서 십자가의 길, 통곡의 벽, 바위의 돔*을 방문했습니다.

예루살렘 구시가지의 시간은 2000년 전에 멈춘 듯했는데, 복잡한 종교적 격식을 아주 중요하게 생각하는 게 보였지요. 저를 안내해준 창업자는 무슬림이었는데, 그 덕에 색다른

---

* 바위의 돔 : 예언자 모하메드가 승천했다는 전설이 깃든 바위를 둘러싼 신전으로, 이슬람교에서 가장 신성시하는 건물 중 하나.

바위의 돔

관점을 접하는 인상적이고 의미 있는 시간을 보냈습니다. 아쉽게도 바위의 돔은 내부까지 들어가지 못했습니다. 투어를 도와준 창업자는 무슬림이라 바위의 돔 안까지 들어갈 수 있었지만, 저는 무슬림이 아닌 외부인이라 들어가지 못했습니다. 오랜 논쟁 끝에 이스라엘 경찰이 대신 내부 사진을 찍어 주었습니다.

　　그다음 방문지는 제 관심을 반영해 골랐습니다. 게임회사 출신이라 팔레스타인의 게임 산업이 궁금했는데, 종이로 된 보고서를 보기보다는 현장감을 느끼고 싶었습니다. 그래서 사람들이 게임을 하는 현장, 즉 PC방으로 갔습니다. 젊은이들에게 가장 인기 있는 장소 중 하나답게 많은 젊은이들이 게임을 하고 있었지요. 전 국민이 스타크래프트를 하기 시작한 1990년대 후반 한국의 PC방과 비슷했습니다. PC방 옆에는 피파축구, 카운터스트라이크 등 플레이스테이션4 게임을 할 수 있는 플스방도 있었습니다. 시간당 요금은 한국보다 상대적으로 높았지만 게임을 즐기는 데는 아무 문제 없었습니다. PC방 매니저에게 전반적인 영업 상황과 손님이 얼마나 오는지, 또 어떤 게임이 인기 있는지를 물어봤습니다. 수치를 대강 알고 보니, 친구들과 함께 랜* 환경에서 일인칭 슈팅 게임(FPS)을 하던 1990년대 한국과 매우 유사했습니다.

"팔레스타인에서 사업을 하려면 PC방이나 다인용 온라인게임을 해야겠는데?"

이런 감상이 들게 하는 PC방도 흥미로웠지만, 가장 기억에 남는 곳은 인천 송도가 연상되는 팔레스타인 최초의 계획 신도시 '라와비Rawabi'였습니다. 공사가 한창인 와중에도 도시의 비전은 매우 명확하고 유망해 보였습니다. 1만 가구 이상이 거주할 수 있는 공간에 광섬유 인터넷 환경까지 구축하고, 복합쇼핑몰을 포함한 여러 편의 시설까지 들어올 예정이었지요. 외국인, 혹은 팔레스타인 사람 중에서도 복수국적을 가진 사람이 살기 좋아 보였습니다.

"외국인도 부동산 투자가 가능해요. 임 선생님도 관심 있으면 알려주세요."

관계자들은 제게도 이렇게 말할 정도로 적극적이었습니다. 신도시에 많은 기대를 품은 게 느껴졌습니다. 한편으로는 이스라엘 당국이 전력과 물을 통제하고 있는 현실 등 여러 외

---

* 랜(LAN) : 근거리 통신망.

부 요인이 신도시 성공에 영향을 미칠 것 같아 걱정스러웠습니다. 그래도 글로벌 기업의 IT 아웃소싱회사들의 입주도 예정되어 있다고 하니, 작은 스타트업 생태계를 조성하며 신도시를 성공시키겠다는 팔레스타인 정부의 의지가 보였습니다. 그 점을 알고 다시 생각하니 라와비는 특히 중동 시장에 진출하려는 게임 배급사에게 좋은 환경이었습니다. 저렴한 인건비로 최고의 인재들을 채용해 운영팀을 구성할 수 있을 테니까요.

팔레스타인에는 신도시 라와비 외에도 사업 기회가 많아 보였습니다. 몇 개월 후 스타트업 액셀러레이터 초청 프로그램으로 다시 팔레스타인에 방문하며 그 사실을 확인했습니다. 팔레스타인의 창업자들은 대개 두 개의 여권을 보유한 복수국적자라, 해외여행과 유학이 더 자유로워서 사업할 때 이점이 많았습니다. 모두 각 분야에 대한 열정과 전문성을 갖추고 있었지요. 실리콘밸리의 창업자들과 다를 바 없었습니다. 프로그램의 일환인 일대일 멘토링으로 팔레스타인 사업가들과 그들이 가진 사업적 어려움을 더 깊이 이해할 수 있었습니다. 대부분 다른 선진 시장에서 이미 검증된 아이템으로 사업 계획을

개발 중인 라와비 신도시

세웠고, 팔레스타인에서 최저의 인건비로 실행할 수 있으니 전도유망했습니다.

문제는 이스라엘 정부의 제재였습니다. 물자와 생산 시설을 팔레스타인 안으로 가져가는 게 불가능했지요. 그런 상황에서도 인적 자원을 활용해 혁신적인 스타트업에 도전하려는 창업자들의 눈에는 열정과 애국심이 가득했습니다.

'바리디Baridee'도 그런 창업자가 만든 스타트업입니다. 뉴욕에 살며 미국식 영어를 구사하는 창업자가 프리랜서 택배 기사를 활용해 팔레스타인의 물류 문제를 해결하겠다는 비전으로 도전한 것입니다. 팔레스타인에는 도로명이나 지도 데이터가 없어서 운전자가 길을 머리로 외워야 합니다. 저도 팔레스타인에서 차를 몰아봤는데, 운전하랴 가는 길을 머리로 떠올리랴, 가는 내내 진땀을 뺐습니다. 그렇다 보니 팔레스타인에서 우편이나 택배를 보내고 받기란 쉬운 일이 아닙니다. 바로 이런 문제를 바리디가 프리랜서 택배 기사로써 해결하고자 나선 것이지요. 바리디가 성공적이었는지 어땠는지는 지켜보지 못했지만, 창업자가 이미 팔레스타인 서안지구에서 배달 서비스로 성공을 거둔 뒤였으니 바리디도 다르지 않았으리라 믿습니다.

기원전과 기원후를 나누는 예수님의 탄생이 이루어진 곳이 바로 팔레스타인입니다. '새로운 시작'에 이만큼 의미 있는 지역이 또 있을까요? 신기하게도 제 인생 역시 팔레스타인에서 새로운 분기점을 만났습니다. '스타트업 액셀러레이팅 비즈니스'에 눈을 떴고, 혁신과 기술, 비즈니스와는 거리가 멀어 보이는 라말라에서 활기찬 스타트업 커뮤니티를 보며 감동했습니다. 제 인생에 스타트업 세계라는 새로운 장을 열어준 곳이니, 팔레스타인은 저에게 예수님의 탄생 말고도 큰 의미가 있는 특별한 곳입니다.

인생의 새로운 장을 열어준 경험이지만, 팔레스타인 방문은 그야말로 '뜻밖의 여정'이었습니다. 다시 생각해도 인생은 예기치 못한 일들의 연속인 것 같습니다. 뜻밖의 여정을 마치고 미국으로 돌아왔을 때, 또 한 번 생각지도 못한 일이 벌어졌거든요.

2

창조경제 태풍의 눈

글로벌 IT기업에서 사회생활을 시작한 제가 모바일 게임회사로 이직해서 미국지사 주재원으로 근무할 줄은, 그런 회사를 그만두게 될 줄은, 그리고 인연도 없던 팔레스타인을 한 해에 두 번씩이나 다녀올 줄은 전혀 몰랐습니다. 그러나 방문을 마치고 미국으로 돌아온 뒤 영주권이 기각되면서 갑자기 한국으로 돌아오게 되리란 것은 더더욱 생각지 못했습니다. 이민국의 1차 심사 의견을 받고 추가 서류를 제출하기는 했지만 그저 형식적인 절차라고 생각했습니다. 그런데 결국 영주권 신청이 기각된 것입니다. 담당 변호사는 제 대학 선배이기도 했는데, 저녁 식사 자리에서 몹시 당황하고 미안해하셨지요.

"너 같은 지사장 출신이 영주권 신청에서 떨어진 건 내가 변호사로 일하면서도 처음 겪는 일이야. 이렇게 될 줄 몰랐는데, 미안하다."

물론 실망스럽기는 했지만 운명의 방향이 한국을 가리키고 있다는 생각이 강하게 들었습니다. 미련을 두지 않으려고 노력하며 가족들과 함께 한국으로 귀국했습니다. 그게 2015년의 일인데, 당시 한국에는 '창조경제'의 바람이 불고 있었습니다. 정부의 모든 부처가 스타트업을 지원했고, 관련 프로그램도 우수수 진행됐습니다. 전국에 17개의 창업지원센터도 생겼지요. 저는 그중 판교의 경기창조경제혁신센터에 입사했습니다. 귀국해서 스타트업 네트워킹 모임에 나갔다가 센터와 연결됐지요.

돌이켜보니 제가 입사한 것은 기가 막힌 우연 같으면서도 한편으로는 운명 같기도 합니다. 당시 한국에서 스타트업 액셀러레이팅은 이름도 낯선 생소한 분야였습니다. 관련 법제를 막 만들기 시작한 시점이라 그 분야의 회사도 전문가도 거의 없었지요. 그런데 정부가 갑자기 창조경제며 스타트업 지원을 하라고 하니, 스타트업 액셀러레이팅에 대해 조금이라도 알거나 경험이 있는 사람이 절실했을 겁니다. 스타트업 액셀러레이터로 팔레스타인에 방문했던 제가 적임자였지요.

경기창조경제혁신센터의 경우, 파견 근무를 온 행정직 공무원들과 KT의 태스크포스 팀이 함께 일했습니다. 거기에 스타트업을 글로벌 시장으로 진출시킬 담당자가 필요했는데, 제가 그중 한 명이었던 것입니다. 저는 한국 스타트업의 글로벌 진출과 해외 스타트업의 한국 진출을 도왔습니다. 프로그램과 데모데이*, 전시를 기획하고 운영했지요. 유독 기억에 남는 사례가 몇 가지 있습니다.

하나는 제가 직접 기획한 VR 영화제입니다. 페이스북(지금의 메타)이 2014년에 오큘러스라는 VR 기기기업을 인수하며 VR 시장이 커지고 VR 콘텐츠도 다양해졌는데, 하드웨어 기기가 비싸서 쉽게 접할 수 없는 상황이었습니다. 이 상황을 활용하기 위해 VR 영화제를 유치했습니다. 국내에서 가장 큰 규모의 VR 영화제였지요. 머리에 쓰는 VR 기기를 준비해 혁신센터 1층에 체험관을 마련했는데, 오큘러스의 리프트, HTC의 바이브 같은 기기였습니다. 여기에 VR 스타트업

---

* 데모데이(DemoDay) : 스타트업을 홍보해 투자와 채용 등의 기회를 제공하는 행사.

액셀러레이터의 월드투어도 함께 진행했습니다. 물론 영화제라는 이름답게 VR 촬영용 360도 카메라도 시연하고, 독립 VR 영화도 상영했습니다. 3D 바다 영상으로 제작된 〈아웃오브더블루〉의 감독 소피 안셀Sophie Ansel도 초청했고요. 영화제는 1천 명 이상의 방문객을 맞으며 성공적으로 마무리됐습니다.

경기도에서 주최한 게임창조오디션 행사에서는 게임회사 근무 경험을 발휘했습니다. 글로벌 배급사를 심사위원으로 초청하고, 크라우드펀딩 플랫폼과 협력해 사전 구매를 진행했습니다. 국내 인디 게임사에 글로벌 진출의 기회도 제공하고, 게임 투자와 홍보 기회도 마련한 것이지요. 게임 행사 특성에 맞춰 전문 코스프레 팀을 초청해 게임 캐릭터들의 무대도 구성했습니다. 특히 오디션 프로그램에 추가한 피칭 훈련은 참가자들에게도 좋은 평가를 받았습니다. 현직 앵커에게 교정을 받은 덕에 공개 오디션이라는 부담스러운 무대에서도 떨지 않고 발표를 잘 해낼 수 있었다면서요.

마지막으로 실리콘밸리 방문 프로그램입니다. 한국의 유망한 스타트업 창업자들과 실리콘밸리를 방문해 여러 프로그램을 진행했습니다. 제가 기획하고 방문단도 직접 인솔했지요. 과거 실리콘밸리에서 근무하며 견학 프로그램을 많이 봤는데, 유명 브랜드 방문에만 집중되고 간혹 스타트업을 견학해도 한국계 직원과의 만남만 이루어지는 프로그램 구성이 아쉬웠습니다. 그래서 제가 프로그램을 기획할 때 이 점을 보완했습니다. 실리콘밸리에서 근무하며 친분을 다진 미국 스타트업이나 제가 자문을 맡은 테크 스타트업 위주로 견학을 구성했습니다. 가장 신경 쓴 것은 이미 사업에서 은퇴하고 멘토링을 업으로 삼은 사람이 아니라, 지금도 사업을 운영하는 창업자와 벤처캐피털리스트들을 섭외해 생생한 조언을 듣는 것이었습니다.

방문단을 인솔하는 내내 SBS 〈정글의 법칙〉 속 족장이 된 기분이었습니다. 창업자 그룹을 인도해 실리콘밸리라는 정글에서 생존한 경험을 공유한 것이지요.

첫 목적지는 삼성리서치아메리카였습니다. 신기술 개발을 위한 연구도 하고, 전도유망한 스타트업에 투자도 하는 기관이지요. 삼성전자가 좋은 인재와 스타트업을 발굴하는 방법도 배우고, 스타트업을 다룬 도서 『Startup Nation』도 선물

VR 영화제 포스터

VR 영화제 현장

받았습니다.

그다음에는 스타트업 액셀러레이터 창업자에게 실리콘밸리의 스타트업 문화에 대해 듣고, 프랑스 스타트업의 미국 사업총괄 담당자도 만났습니다. 이날 만난 프랑스 스타트업이 한국으로 진출할 때 제가 서류 작업을 도왔는데, 이 스타트업의 대표 서비스가 바로 위치 공유 앱 '젠리'입니다.

둘째 날에는 구글의 여러 시설을 견학하면서 개방적인 조직 문화를 접했습니다. 창업을 여러 번 해낸 '연쇄 창업자' 폴 킴Paul Kim 대표님도 만났는데, 당시에는 스포츠 경기 일정 관리 서비스를 준비하고 있더군요. 딸의 축구 클럽 코치들이 일정 관리에 힘들어하는 모습을 보며 아이디어를 떠올린 것입니다. 일상에서 작은 틈새시장을 발견하고, 그것을 큰 시장으로 발전시킬 사업 계획을 세우는 능력에 감탄했습니다.

구글 엔지니어 출신인 안익진 대표가 실리콘밸리 북부의 팰로앨토Palo Alto에서 창업한 몰로코Moloco에도 방문했습니다. 그때 비좁은 회의실에서 이야기를 나눴던 기억이 생생한데, 최근에 강남 테헤란로로 사무실도 옮겼다고 하니 그야말로 격세지감입니다.

스탠퍼드의 대학로로 불리는 유니버시티 애비뉴 University Avenue에 있는 파리바게트에서는 스페인 스타트 업의 대표도 만났습니다. 미국의 한국 빵집에서 스페인 사람과 영어로 대화하고 있자니 느낌이 묘했지요.

셋째 날은 현지 벤처캐피털 위주로 일정을 잡았습니다. 벤처캐피털이 어떻게 스타트업을 찾고 평가하는지, 최종적으로 어떤 기업에 투자하는지 배우고, 한국 스타트업 창업자들을 위한 조언도 들었습니다.

"실리콘밸리는 경쟁이 매우 치열한 시장이기 때문에 제품과 서비스에 집중해야 합니다. 무엇보다 중요한 건 제품과 서비스라는 걸 절대 잊지 마세요."

실리콘밸리의 대표적인 자수성가이자 셀럽, 차드 멍 탄 Chade-Meng Tan과의 만남도 빼놓을 수 없지요. 구글 초기 멤버였는데, 본사를 찾은 많은 유명인과 사진을 찍어 남기는 특이한 습관으로 유명해졌습니다. 지금은 명상 업계의 대부이자 평화 전도사로 이름을 날리고 있고요. 저는 유명인이 아니었기에 조금 부담스러웠지만, 그래도 다른 유명인들처럼 차드 멍 탄과 사진을 찍어 실리콘밸리 방문 기록을 남길 수 있었습니다.

실리콘밸리를 모두 보기에 사흘은 짧은 시간이었겠지요. 그래도 스타트업 정글의 생태를 이해하고 생존 지침을 얻는 데는 충분했다고 생각합니다. 아쉬운 점이 아예 없는 것은 아니지만, 경기창조경제혁신센터에서 잘한 일을 꼽자면 늘 떠오르는 프로그램입니다.

이렇듯 창조경제 태풍이 휘몰아치던 한국으로 돌아간 저는 그 태풍의 눈에서 즐겁고 보람 있는 시간을 보냈습니다. 하지만 즐거운 시간에는 끝이 있는 법이지요.

사실 창조경제 자체가 워낙에 갑작스럽고 빠르게 진행된 사업이라 이런저런 어려움이 많았습니다. 스타트업 지원 건수와 투자 유치 규모를 평가 지표로 놓은 것이 당시 정책의 가장 큰 문제였습니다. 한 건의 지원 실적을 여러 센터의 실적으로 중복해 인식하거나, 이미 투자받은 스타트업을 보육 기업으로 둔갑시켜 실적을 만드는 문제가 잦았습니다.

그렇게 불안하게 사업이 이어지던 2017년 3월 10일, 대한민국 역사상 처음으로 현직 대통령이 헌법재판소의 판결을 통해 탄핵이라는 심판을 받게 됐습니다. 혁신센터 직원들의 사기도 바닥에 떨어졌습니다. 그러잖아도 문제가 하나둘 드러나던 사업인데 정권까지 요동쳤으니까요. 정권이 흔들리면 핵심 정책이었던 창조경제의 앞날도 흐릿해질 테니 센터도 금세 문을 닫을 거라는 불안감이 커져만 갔습니다. 불행인지 다행인지, 저는 6월에 계약 종료로 퇴사하면서 경기창조경제혁신센터와의 인연을 정리했습니다.

흥하면 망하고 성하면 쇠하기 마련이라지요. 짧았던 2년 사이에 창조경제의 부흥과 쇠락을 경험하며 권력의 허망함을 간접적으로 느낄 수 있었습니다. 현상뿐 아니라 사람의 인생도 그런 것 같습니다. 시기적절하게 경기창조경제혁신센터에서 나오며 앞날이 흥하기만 바랐는데, 앞에서 저를 기다리는 것은 망과 쇠의 길이었습니다.

3
스타트업 정글

스타트업 액셀러레이팅에 눈을 뜬 것은 팔레스타인에서 스타트업을 가까이 접하면서였습니다. 사실 혁신의 중심지라는 실리콘밸리에서 일할 때는 스타트업에 큰 관심이 없었습니다. 혁신적인 제품이나 서비스로 시장에서 생존하려고 노력하는 작은 기업 정도로 생각했지요. 아이템이 좋고 기업도 오래 지속될 거란 판단이 들면 파트너십을 맺고 초기 고객사가 되기도 했지만, 게임 마케팅 스타트업으로 한정되어 있었습니다. 그러다 팔레스타인에서 액셀러레이팅 프로그램 강사가 되어 스타트업 창업자들에게 조언하다 보니 완전히 다른 관점을 가지게 되었습니다. 여기에 더해 우연히 스타트업 액셀러레이터에 에인절 투자*를 하며 투자자의 관점도 생겼지요. 투자 분야는 제가 원래도 관심이 있던 게임 분야였습니다. 제 추천을 받은 게임스튜디오가 하와이 콘퍼런스의 경진대회에서 우승하는 것을 보니 정말 뿌듯하더군요. 그때 투자란 이런 것이구나 느끼기도 했습니다.

경기창조경제혁신센터에서 스타트업을 위한 프로그램을 기획하고 운영하며 스타트업에 대한 관심이 더더욱 커졌고, 혁신센터에서 퇴사할 때쯤에는 그 관심이 정점에 달했습니다. 그간 쌓은 경험과 네트워크를 활용할 수 있는 게임 전문 스타트업 액셀러레이터회사에 공동 대표로 합류한 것은 자연스러운 결과였지요. 배급사 입장에서 성공 가능한 게임을 찾아다니던 전과 달리 액셀러레이터로서 가능성을 가진 게임 스튜디오를 찾아 투자했습니다. 게임 제작 투자도 하고, 배급사의 선택을 받거나 자체적으로 배급할 수 있게 지원도 했고요. 창업자들은 자기 콘텐츠의 시장성과 차별성부터 출시 전략과 운영 계획, 마케팅 계획까지 짜서 제게 보여주었습니다. 저는 그중 좋은 아이템을 가진 창업자에게 투자도 하고

---

* 에인절 투자 : 자금이 부족한 신생 벤처기업에 자본을 대는 일.

배급 과정도 도왔지요.

자기의 아이템을 열정적으로 설명하는 창업자들을 만나고 함께 협력해 히트 게임을 만들어가는 과정은 말로 설명하기 어려운 성취감과 재미가 있었습니다. 게다가 함께 근무하는 이들 중에는 제 추천으로 1년 전 미리 합류한 전 직장 동료 '존(가명)'도 있었습니다. 이전 직장에서부터 쌓아온 시간이 있으니 존과의 팀워크는 거의 완벽했습니다. 일도 보람차고 즐거웠고, 미국 출장이며 데모 게임 테스트를 함께하는 동료와도 잘 맞았으니 첫걸음은 상당히 괜찮았지요.

그러나 회사는 차츰 삐걱대기 시작했습니다. 투자하는 과정에서 경영진 사이에 의견 충돌이 생긴 것입니다. 회사 차원의 투자 외에도 경영진 개인의 투자를 허용할지 말지에 대한 갈등이었습니다.

공직자를 대상으로 시행되는 '이해충돌방지법'이라는 법이 있지요. 업무를 공정하게 처리해야 하는 공직자가 사적인 이해관계를 업무에 끌어들이는 것을 방지하는 법령입니다. 가족이 고위 공직자나 채용 담당 공직자라면 해당 공공기관에 채용될 수 없고, 공직자의 가족이 운영하는 사기업은 공공기관의 일을 맡을 수 없습니다. 사실 이런 이해 충돌은 사기업 경영진 사이에서도 일어날 수 있습니다. 회사 펀드의 투자처는 경영진이 결정하니, 경영자가 개인으로서 투자한 곳에 회사 펀드까지 투자하거나 투자하지 않도록 영향력을 발휘할 수 있겠지요. 제가 근무했던 회사도 이런 문제 때문에 갈등이 있었던 겁니다.

지금은 어떨지 모르지만 당시 투자 분야에는 이런 이해 충돌을 방지하는 엄격한 법은 없었습니다. 그래서 경영진 사이의 갈등은 쉽게 정리되지 않았지요. 오랜 토론 끝에 조합을 만들고 승인까지 받아야 개인 투자를 할 수 있다는 절충안이 합의됐습니다. 다만 이 과정에서 저와 존은 더는 회사와 함께할 수 없음을 직감했습니다. 경영진에 대한 신뢰를 크게 잃은 존은 미국의 글로벌 테크기업으로 이직했습니다. 저는 경영 가치관이 다른 사람들이 함께 사업을 운영하는 게 얼마나 어려운 일인지 느끼고 고민이 깊어졌습니다. 결국 부푼 가슴으로 합류했던 첫날이 무색하게, 입사 3개월 만에 퇴사를 결정했습니다.

"투자는 나랑 안 맞는 분야인 것 같아."

액셀러레이터로 스타트업에 투자하며 쓴맛을 보고 나자 이번에는 투자가 아닌 영업 일을 하겠다고 결심했습니다. 다행히 얼마 되지 않아서 기회가 생겼습니다. 그것도 여러 개가요. 처음은 대기업에 다니던 대학 선배의 연락이었습니다.

"우리 회사가 요새 게임에 관심이 있어. 펀드를 만들어서 게임회사에 투자하는 사업을 새로 준비하는데, 괜찮은 사람을 추천해달라네. 딱 네 생각이 났지."

선배가 다니는 대기업의 신규 사업 담당자를 맡아달라는 것이었습니다. 분명 좋은 기회였습니다. 하지만 딱 맞는 정장에 넥타이까지 갖춰 입은 인사부장과 면접을 보는 내내 마음 한구석에 불편함이 가시지 않았습니다. 딱딱한 기업 문화에 도저히 적응할 엄두가 나지 않았던 거죠. 그래서 진작부터 이곳은 나와 맞지 않는구나 결론을 내렸는데, 다른 기회가 찾아왔습니다. 글로벌 테크기업의 한국지사에서 제가 원하던 영업직 면접을 보게 된 것입니다. 클라우드의 종합적인 운영 체계를 제공하고 진단해주는 일이었고 게임회사가 주 고객이었습니다. 여기에 더해 새로운 기술과 서비스를 소개하는 '에반젤리스트' 역할로서 대외 발표까지 진행해야 했습니다. 제 경력이나 성향에도 잘 맞는 업무였습니다. 면접관들의 생각도 같았는지 1차 면접 합격 후 다음 단계인 임원 면접까지 진행했습니다. 때마침 아시아 태평양 지역을 총괄하는 임원이 한국지사에 방문할 일이 있었던 겁니다. 임원 면접도 분위기가 좋았습니다. 모두 입사가 확정된 것 같다고 입을 모아 말했습니다.

결론적으로 말하자면, 저는 두 곳 중 어느 곳도 가지 않았습니다.

사실 혁신센터 퇴사와 액셀러레이터 입사, 퇴사는 모두 2017년 하반기에 일어난 일입니다. 그리고 제가 한창 구직을 하던 2017년 하반기는 모두 알다시피 비트코인 열풍이 전 세계를 덮친 시기입니다. 수많은 블록체인 스타트업과 알트코인*이 생겨나고 있었습니다. 작은 스타트업들을 지금의 플랫폼회사들로 키운 90년대 말의 닷컴버블을 떠올리게 하는 분위기에 더해, 블록체인 파도를 타고 날아오르는 스타트업들의 사례가 제 가슴을 자극했습니다. 물론 닷컴버블에서 살아남아 플랫폼회사가 된 것은 일부이며 다른 수많은 스타트업

---

* 알트코인 : 비트코인에서 영감을 받은 암호화폐와 디지털 자산들.

은 소리 소문도 없이 먼지처럼 사라졌고, 2017년의 블록체인 파도도 마찬가지일 게 뻔했습니다. 하지만 창업자와 투자자들은 그 사실을 알면서도 과감하게 도전했습니다. 저도 마찬가지였습니다.

"나중에 후회하느니, 나도 뛰어들자!"

제가 준비한 것은 가상화폐가 아니라 그 기반 기술인 블록체인을 활용한 게임이었습니다. 간단한 준비로도 쉽게 투자받을 수 있는 흐름이 만들어졌기에 도전할 수 있었습니다. '화이트페이퍼'로도 불리는 기획서와 성공적인 프로젝트 개발 경험이 있는 핵심 개발팀, 사업을 도울 어드바이저들 사진 몇 장이면 충분했습니다. 또한 개인 투자자의 관심과 참여도 높아지며 벤처캐피털회사나 정부의 도움 없이 크라우드펀딩 형태로 개인 투자를 받는 것도 가능해졌습니다. 그만큼 창업자와 스타트업도, 투자자와 투자금도 어마어마하게 모였습니다. 그야말로 생존하기 위해 이리 뛰고 저리 뛰며 온 힘을 다해야 하는 '스타트업 정글'이었습니다.

정글 생존력을 높여주는 하나의 수단은 가상화폐공개(ICO)였습니다. 신규 화폐를 발행할 블록체인 프로젝트에서 가능한 방법이지요. 투자자에게 비트코인이나 이더리움 같은 검증된 코인으로 투자를 받고, 정해진 환율에 따라 신규 코인으로 지급하는 방식입니다. 먼저 프리세일로 신규 코인의 일부를 파트너사나 투자사에게 팔면서 흥행몰이를 해야 합니다. 그리고 공식 판매일에 개인 투자자에게 팔며 신규 코인을 거래소에 상장시켜 시장 가치가 형성되도록 만드는 것입니다. 프로젝트에 대한 기대와 홍보만으로도 신규 코인의 가치가 크게 상승하곤 합니다.

제 게임 프로젝트도 이런 방식을 통해 성공적으로 투자금을 모았습니다. 짧은 기간에 엄청난 투자금이 모이는 것을 지켜보며 느낀 기대감과 흥분이 아직도 생생합니다만, 투자금 확보의 기쁨은 짧았습니다. 프로젝트를 성공시켜야 한다는 부담감이 점점 커져만 갔습니다. 게다가 기존 계획과 다른 방향을 추진하자는 내부 의견까지 나와서 마음이 혼란스러워졌습니다. 기획서에 명시된 일정과 단계를 지키는 게 최우선인데, 그걸 바꾸는 것도 모자라서 아예 다른 프로젝트를 추가한다는 것이었습니다. 투자자와 파트너들의 신뢰 근거인 기획서를 두고 새로운 프로젝트를 하겠다는 상황을 이해하기 어려웠습니다. 이미 공개한 프로젝트에 신규 프로젝트까지 추가해 진행하며 일정을 맞추기에는 개발팀의 규모가 너무 작았습니다. 기존 프로젝트는 메타버스 세계관을 기반으로 한 가상 부동산 소유 게임이었는데, 새로운 프로젝트는 소셜 카지노 세계관의 스포츠 베팅 게임이었으니 성격이 너무 다른 것도 문제였습니다. 투자자들은 혁신적인 메타버스 프로젝트에 투자한 것이지 기존 장르와 유사한 게임에 투자한 게 아니었으니까요.

그러나 아무리 반대 의견을 피력해도 경영진은 받아들이지 않았습니다. 의견을 고수하다가는 큰 갈등이 벌어질 게 뻔했습니다. 결국 제가 한발 물러섰습니다. 정확히는 아예 물러났습니다. 워낙 좁은 업계라 평판이 신경 쓰여서 모든 것에 솔직하지는 못했지만, 프로젝트에 누가 되지 않는 선에서 자숙하며 쉼의 시간을 가졌습니다. 결국 입사 6개월 만에 퇴사하게 됐습니다.

전보다 더 잘되고 성공해야 한다는 부담감에 무리하기도 했는데, 그러는 중에 연이어 부딪친 도전 실패와 퇴사에 제 마음은 그만 무너지고 말았습니다. 앞날이 불안정하다는 생각에 안정적인 정부 기관에서 일하던 시기와 비교되며 불안과 후회가 극대화됐습니다. 실무적으로 무능한 스스로에 대한 실망감도 감당하기 어려웠지요. 무엇보다 평생의 파트너로 생각했던 지인들과의 갈등이 결정적이었습니다.

저는 서서히 우울의 구렁텅이로 빠져들었습니다. 혼란과 불안, 후회와 절망은 점점 커지기만 했습니다. 정신이 건강하지 못하니 몸에도 그 여파가 나타나기 시작했지요. 그러다 어느 선을 넘어 스스로 통제할 수 없는 지경까지 이르렀습니다. 마치 바이러스 때문에 오작동을 반복하다가 하드웨어까지 고장이 난 컴퓨터 같았습니다. 끊임없이 과거를 떠올리며 후회했고, 충격적인 사건과 순간들을 생각하는 것을 멈출 수가 없었습니다. 그렇게 우울감은 우울증이 됐고 우울증은 중증으로 치달았습니다.

실리콘밸리의 성공한 화이트칼라는 어느새 우울증 환자가 되어 있었습니다.

우울한
택배
기사

불안정한 근무 환경, 가장의 무게, 그 안에서도 회오리치는 후회와 스스로에 대한 실망감. 마음이 힘들다 보니 몸까지 힘들어졌다. 몸도 마음도 지칠 대로 지쳤던 그때는 자꾸만 과거를 헤매며 후회하고, 미래를 부정하며 절망하게 됐다. 아무것도 하고 싶지 않고 쉬고만 싶었는데, 갓난쟁이 막내를 보며 이를 악물고 택배 배달을 시작했다. 그 배달이 내 인생에 새로운 장을 열어주었다.

1

우울증의 수렁

2019년부터 2021년까지 약 3년은 모두에게 지치고 힘든 시간이었을 것입니다. 코로나 바이러스 감염으로 돌아가신 분과 그 유가족들, 사업 실패를 경험한 자영업자들, 그리고 학교에 못 가고 친구들도 만날 수 없었던 학생들을 생각하면 참으로 안타까워집니다. 많은 사람에게 그 시기는 이상하고 우울했던, 별로 기억하고 싶지 않은 시간일 것입니다. 안타깝게도 저는 남들보다 더 우울하게 그 시기를 보냈습니다. 어떻게 이야기를 시작할까 하다가, 문득 구약성서에 나온 네부카드네자르Nebuchadnezzar 왕의 이야기가 떠올랐습니다.

　바빌론의 통치자이자 가장 큰 제국을 이룬 왕 중 한 명인 네부카드네자르 왕은 기독교인들에게는 예루살렘을 정복해 70년간 유대인들을 포로로 삼은 정복자로 더 유명합니다. 성경에 따르면 네부카드네자르 왕은 자기 제국을 내려다보며 자신의 권세와 위엄을 자랑하다가 하늘의 벌을 받아 야수처럼 살게 됐고, 7년이 지나 하늘을 우러러보게 되자 벌이 끝났다고 합니다. 교만을 경계하라는 교훈적인 내용이지요. 좀 황당하기도 하지만 구약성서는 실제 역사를 기반으로 쓰인 기록물이기도 하니 모두 거짓은 아닐 것입니다. 대제국을 통치한 왕의 약점을 그대로 기록했다는 부분이 특히 신뢰성이 느껴져서 적어도 당시 미친 왕이 존재했다는 기록만은 사실이 아닐까 합니다.

이와 비슷한 일이 저에게도 있었다면 누가 믿어줄까요?

가족과 친한 친구들 몇 명을 제외하고는 제 암울한 시기에 대해 자세히 모릅니다. 블록체인 스타트업에서 퇴사하고 극심한 우울증에 시달렸다는 것도, 상담과 처방을 받으러 유명한 병원과 한의원을 다녔다는 것도요. 결국 대인기피증과 정신 분열 증세까지 와서 사실상 일상생활이 불가능했다는 사실도, 스스로 몇 번이나 생을 포기하려고 했을 정도로 심각했다는 사실도 대부분 모를 겁니다. 당시에는 악한 영이 들어서 이런 일이 생겼다고 믿고 기도원에 치유 기도까지 받으러 다녔습니다. 그땐 지푸라기라도 잡고 싶은 심정이었으니까요. 매일 부정적인 생각과 알 수 없는 환청에 시달렸습니다. 무속 신앙을 찾았다면 귀신이 씌었다고 하지 않았을까 싶습니다. 한마디로 미쳐가고 있었던 것입니다. 네부카드네자르왕도 주변 사람들에게는 그렇게 보였을 것입니다.

원인을 찾아 문제를 해결하기 위해서 직접 인터넷 글이나 정신과 강의로 공부도 해봤고 실제로 정신과 상담을 받으며 전문의료인의 도움도 받았습니다. 그러나 증세의 표면적인 원인만 알게 될 뿐, 근원적인 이유는 알 수가 없었습니다. 돌이켜보니 조각난 퍼즐이 맞춰진 것처럼 그 원인을 이해하게 됩니다. 한마디로 '교만'이었습니다.

"난 실패 한 번 없이 내 능력으로만 이 자리까지 올라왔어. 이 정도면 스스로 자부심을 느껴도 되지."

저는 비교적 젊은 나이에 IT와 게임 분야에서 과분한 명성과 영화를 누렸습니다. 보상이나 회사 복지도 일반적인 회사원이 받기 어려운 수준이었고요. 실리콘밸리의 중심 주거

지의 집과 차도 그랬고, 고가의 현대미술 작품이 전시된 넓고 쾌적한 사무실도 그랬습니다. 거래 은행에서는 연초마다 인사를 하러 사무실로 찾아왔고, 업계 대표님들은 주말에 골프를 치자고 연락을 했지요.

여기서 그치지 않았습니다. 저에게 영업하려는 회사들의 초대로 호화 와이너리와 보트 투어에 가기도 했고, 화려하고 비싼 것들로 가득한 회사 스폰서 파티에는 VIP로 등록됐습니다. 저는 기독교 신자인데, 한인 교회에서 집사 안수를 받고 어린이 사역의 교사도 맡았습니다. 그래서 부끄럽지만 당시에는 신앙인으로서도 부모로서도 성공했다고 자부하기도 했습니다.

새로운 사람을 만나서 영업의 기회로 삼고, 계약을 성사시켜 파트너십을 만들어가면서 회사와 저 자신의 지경을 넓히는 데 적극적으로 움직이며 살아왔습니다. 사람을 만나고 비즈니스를 하기 위해서라면 세계 어디든 갈 수 있었고, 저는 그런 자유분방한 삶을 즐겼지요. 그 덕에 전 세계에 많은 인맥을 쌓아서 링크드인의 공개적인 1촌 인맥도 1천 명 이상이 됐고, 인맥 허브 역할도 했습니다.

"여보, 한국 본사가 경쟁사에 인수됐어."

"그럼 미국지사는 어떻게 되는 거야?"

지사가 바로 정리되지는 않았지만, 여러 상황 끝에 저는 회사에서 나가는 선택을 했습니다. 회사의 배려로 영주권 신청은 회사 소속으로 진행했으니, 미국의 다른 회사로 이직할 계획이었습니다. 하지만 일은 계획대로 흘러가지 않았습니다. 영주권이 기각되어서 미국 생활도 정리하게 됐지요. 스트레스가 엄청났습니다. 이후 지인들과 자신만만하게 시작한 게임 스타트업에서 엄청난 금액의 자금을 운용하며 무너진 자존감을 회복하는가 했는데, 업계 이면을 마주하고 오히려 감당할 수 없는 충격을 받았습니다. 자부심에 타격을 받는 일을 계속 겪은 것입니다.

"내 힘만으로 대단한 업적을 세우며 살아왔다고 생각했는데, 다 착각이었구나."

착각이 깨지고 자부심이 무너졌습니다. 자부심으로 여겼던 것이 사실은 교만이었던 것입니다. 틀림없이 대단한 사람이라고 믿었던 제가 더없이 초라하게 느껴졌습니다. 지금이야 제가 교만했다는 것을 깨달았지만, 당시에는 모든 것을 잃은 것만 같아 불안과 우울감에 파묻혔습니다.

우울증은 마음의 감기라던데 자연스럽게 낫는 감기와 달리 점점 심해지기만 했습니다. 감기로 따지자면 폐렴으로 이어졌다고 해야 할까요? 불면증과 대인 기피증, 공황장애까지 저를 덮쳤습니다. 직접 겪어보니 정신 질병이 얼마나 무서운 병인지 알게 되었습니다. 증상도 정도도 사람마다 다르겠지만 저에게 가장 힘든 것은 불면증이었습니다. 잠드는 것도 힘겨웠고, 간신히 잠들어도 밤새 악몽에 시달리느라 제대로 자는 게 불가능했지요. 거기다 사람을 만나고 대화하는 것마저 괴로워지며 저는 점차 고립됐습니다. 그 끝에 공황이 있었고요.

이런 상황에 아내의 임신 소식을 들었습니다. 기쁨은 짧았고 곧 어마어마한 걱정과 불안이 저를 짓눌렀습니다. 앞날이 이스라엘에서 지났던 히스기야 터널보다 더 좁고 길어 보였습니다. 몸과 마음, 영적인 건강 중 하나라도 잃으면 불행해지고 만다는 사실을 이때 깨달았습니다.

건강을 잃으니 경제활동을 하기 어려웠고, 수익 없는 기간이 길어질수록 생활은 더욱더 힘들어졌습니다. 아이들의 학원을 끊고, 제가 아끼던 자동차며 고가구도 모두 팔았습니다. 나중에는 아내가 셋째를 가진 몸으로 아르바이트까지 해야 했습니다. 그 모습을 지켜볼 수밖에 없는 스스로가 초라하고 비참했습니다. 하루가 시작되는 아침, 학생들은 학교에 가고 어른들은 직장에 출근하지만 제가 갈 곳은 그 어디에도 없었으니까요. 왜 나쁜 일은 항상 함께 오는 걸까요? 이 시기에 장인어른의 지병이 재발하며 끝내 돌아가시는 불상사까지 겹쳤습니다. 아내와 아이들에게는 가장 힘든 시절이었을 겁니다. 심적으로도 현실적으로도 저와 가족들의 최대 위기였습니다.

사람은 마치 달걀 같습니다. 달걀이 껍데기와 흰자, 노른자가 서로 연결되어 있듯 사람은 육체와 정신, 영혼이 유기적으로 연결되어 있습니다. 그중 하나만 상해도 생명력이 약해지는 것도 같지요. 저는 정신에 먼저 타격을 입고, 연쇄적으로 육체도 쇠락하고 영혼까지 피폐해졌습니다. 어느새 스스로 회복하기 어려운 지경까지 다다랐지요. 가족들의 도움으로 상담과 약물 치료도 받고 매주 교회에 나가 기도도 했지만 큰 효과는 없었습니다. 오직 인간만이 과거를 돌아보고 현재의 행동을 수정할 수 있다는데, 저는 과거를 곱씹으며 후회만 반복했습니다. 그게 반복되니 정신적으로 스트레스가 극심해졌습니다. 마음이 늘 후회와 절망 속에 있으니 아무것도 하지 않아도 몸은 녹초가 되기 일쑤였습니다. 저는 점점 공허해졌고 무기력해졌습니다. 결국 저 자신을 부정하고 모든 것을 포기하고 싶다는 생각마저 들었습니다.

제가 그렇게 극심한 불안 증세에 시달리던 2019년 1월, 막내아들이 태어났습니다. 외출도 어려울 정도로 증세가 심각했기에 분만실에서 덜덜 떨리는 손으로 탯줄을 간신히 잘랐습니다. 행복해야 할 출산의 순간에서 저도 모르게 했던 생각이 아직도 선명합니다.

'이제 이 아기까지 우리 가족은 터키에서 봤던 시리아 난민 가족처럼 길거리에 내몰리겠구나!'

어떠한 경제활동도 할 수가 없어 수입이 전혀 없는 시기였습니다. 지출을 줄이고 가족들의 도움으로 생활비를 충당했지만 계속 신세를 질 수는 없는 노릇이었지요. 제가 아끼던 물건들은 이미 다 팔았고 아내의 물건까지도 팔았습니다. 신혼 시절에 겨울에 찬 바람이 드는 작은 아파트에도 살아봤고, 폐차 수준의 중고차도 몰아봤으니 그때처럼 이겨내면 된다고 생각할 수도 있었겠지요. 하지만 제가 일도 일상생활도 무엇도 할 수 없는 지경인데다, 심지어 가족의 동의하에 정신병동으로 강제 이송될 수준이었으니 신혼 시절과는 상황이 전혀 달랐습니다. 어떠한 희망도 없이 절망적이었습니다.

소설 『해리 포터』에 극악무도한 죄인들을 보내는 '아즈카반'이라는 감옥이 나옵니다. 아즈카반을 지키는 간수는 평범한 사람이나 마법사가 아니라, '디멘터'라는 무시무시한 마법 생물입니다. 디멘터는 사람의 영혼을 빨아들이고 긍정적인 마음을 빼앗아 무기력하고 절망하게 만듭니다. 우울증이 극심하던 시기, 저는 마치 디멘터에게 영혼이 빨린 듯 텅 빈 육체에 불과했습니다.

껍데기뿐인 상태로도 매일 일기를 쓰고, 영상도 찍어 하루하루를 기록한 덕에 지금도 그 시절을 떠올릴 수 있습니다. 그래서 제가 감사해야 하는, 제게 도움을 준 이들도 똑똑히 기억합니다. 사람과 사회, 관계에서 절망하고 괴로워하던 저를 일으켜준 것 역시 사람이었습니다. 책 한 권을 새로 써도 모자랄 만큼 많은 분들이 저와 가족들을 도와주었습니다. 그분들이 아니었다면 저는 인생의 구렁텅이에서 절대 빠져나오지 못했을 겁니다. 누가 진짜 제 가족이고 친구인지 알 수 있었지요. 그 누구보다 제가 다시 세상으로 나설 가장 큰 용기를 준 사람은 갓난쟁이 막내였습니다.

2

여기는 택배 현장

아침 6시 10분. 잠은 진작에 깼지만 일어나기 싫은 이유는 어김없이 택배 노동의 현장으로 가야 하기 때문일 것이다. 택배 개수와 크기만 달라질 뿐 어제와 똑같은 하루를 보낼 생각을 하니 벌써 한숨이 나온다. 빠르게 씻고 아침 식사를 대충 챙겨 먹은 다음 작업복을 걸치고 내려간다. 아파트 뒤편에 세워둔 트럭에 올라 둔탁한 소리와 함께 시동을 걸고 출발할 때가 6시 20분이다. 다른 택배 탑차들과 함께 인천 해안 도로를 질주하고 줄지어 물류 터미널에 도착하면 가장 먼저 짐칸 문을 열고 후진으로 열을 맞춰 자기 자리에 트럭을 주차해야 한다. 트럭과 트럭 사이의 간격을 딱 맞추는 데 신경을 써야 한다. 처음에는 어떻게 저렇게 좁은 곳에 주차를 할 수 있을지 의아했지만, 이제는 익숙하게 50cm 간격으로 후진 주차에 성공한다. 6시 50분쯤에는 대부분 주차를 마치고 전날 있었던 시시콜콜한 일로 잡담을 나눈다. 7시가 되면 컨베이어 벨트가 가동되며 터미널 전체에 '윙~' 하는 기계 소리가 울린다. 그러면 수백 명의 동료 기사들과 함께 분류 업무를 시작한다.

한창 택배 일을 하던 시기의 새벽 일과입니다. 매일 똑같이 반복됐습니다. 터미널까지 탑차를 운전하고 주차까지 마치면 10분 정도 숨을 돌릴 시간이 주어집니다. 그 시간이 지나면 본격적으로 일이 시작됩니다. 보통 '까대기'라고 부르는데, 컨베이어 벨트 위를 빠르게 지나가는 택배의 송장 코드를 눈으로 확인하고 손으로 집어내는 방식입니다. 수백 명의 택배 기사가 컨베이어 벨트 양쪽으로 길게 줄을 서서 택배의 대리점 코드를 매의 눈으로 살핍니다. 그러다가 동료의 구역이 나오면 아파트명도 불러주고 물건도 내려줍니다. 아예 내려주는 대신 컨베이어 벨트 가장자리로 빼주기도 하고요. 잠깐이라도 한눈을 팔면 담당 구역의 택배를 놓치기 일쑤입니다. 그렇게 놓친 물건은 컨베이어 벨트를 타고 맨 끝까지 흘러가지요. 그럼 컨베이어 벨트가 한 바퀴 돌고 반대로 움직일 때까지 기다려야 하니, 트럭 짐칸에 택배를 순서대로 정리할 수도 없고 적재 시간도 길어지게 됩니다. 실수로 동료 기사의 물건을 놓치기라도 하면 동료 기사의 터미널 출발이 늦어지지요. 그러니 까대기를 할 때는 모두가 초긴장 상태로 수많은 택배 상자를 노려봅니다. 처음에는 어지러워서 멀미가 날 정도였는데 일하다 보니 그것도 차츰 익숙해졌습니다. 하지만 익숙해졌다 한들 힘들지 않은 건 아니었습니다.

"벽 없는 터미널에서 4시간씩 일하는 건 진짜 극한의 노동이다."

여름이나 겨울이 되면 저런 한탄을 입에 달고 삽니다. 특히 인천의 겨울 아침은 바닷바람이 섞여서인지 더욱 견디기가 어렵습니다. 신발 안에 핫팩을 넣고 두꺼운 외투에 모자까지 눌러써도 추위는 틈을 파고들기만 합니다. 여름도 땀이며 습기 때문에 괴롭기 그지없습니다.

이렇게 오전 내내 극한의 노동을 하고 탑차에 그날 배송할 택배를 적재하고 나면 진이 다 빠집니다. 하지만 그제야 진짜 '배송'이 시작됩니다. 수백 개의 택배를 일일이 배달해야 하지요. 이제는 시간에 쫓기는 순간이 계속됩니다. 문자로 예상 도착 시각을 안내받은 고객들의 독촉 전화도 심심치 않게 받으면서 마음을 굳게 먹고 배송지로 출발합니다.

정신없이 배송하다 보면 밥때가 금세 찾아옵니다. 식당에서 점심을 먹을 때도 있지만, 배송 물량이 가장 많은 화요일에는 대개 배송 경로에 있는 분식집에서 참치김밥을 사 옵니다. 김밥은 썰지 않은 채로 포장해야 합니다. 차에서 허겁지겁 먹고 배송을 계속해야 하니까요. 트럭으로 이동하거나 엘리베이터를 타기도 하지만 하루에 최소 2만 보 이상을 걷습니다. 어쩌다 무거운 상품을 들고 계단을 오르게 되면 체력 소모가 두 배는 커집니다. 가을 수확기에는 20kg짜리 쌀이, 김장 시기에는 절인 배추가 큰 복병입니다. 언젠가 절인 배추를 10상자씩 들고 5층까지 계단으로 올라가 배송했던 다른 기사들의 무용담을 들은 적이 있는데, 얼마 지나지 않아 그게 제 이야기가 될 줄 꿈에도 몰랐습니다. 배송 물량이 많은 날에는 저녁도 먹을 틈이 없어서 간식으로 허기만 달래고, 퇴근 후 집에 도착해서야 밥을 먹을 수 있습니다. 보통 10시가 넘어서야 퇴근하니 늦어도 많이 늦은 저녁이 됩니다. 그럴 때면 막걸리를 반주로 곁들여 마셨습니다.

빈속에 막걸리를 한잔 들이켜면 하루의 긴장이 풀리면서 현실로부터 잠시 자유로워진다. 현실은 자유와 거리가 멀다. 매일 똑같은 시간에 똑같은 곳에서 비슷한 작업을 하는 하루하루가 반복된다. 오전에는 터미널에서 택배를 분류해 트럭에 싣고, 오후에는 담당 구역에 트럭을 세우고 택배를 나르는 일과. 심지어 구역이 정해져 있으니 오후에도 시간대별로 가는 구역이 거기서 거기다. 단 한 순간도 마음대로 쉴 수 없는 쳇바퀴에 올라탄 기분이다.

내일도 터미널에 나가서 오전에는 지겹고 힘든 까대기를 하고, 오후에는 배송을 해야 한다. 그래도 내일 걱정은 내일로 미루기 위해 막걸리에 섞어 답답함과 걱정을 속으로 삼킨다. 오늘도 사고 없이 무사히 하루를 보낸 것에 감사한 마음만 생각한다. 이번 달 수입도 생활비를 빼면 마이너스가 되겠지만, 그래도 가족이 먹고살 수 있으니 얼마나 다행인가. 얼마 전에 동료 기사 한 명이 그만둬서 배송 구역이 더 늘어날 것 같다. 그렇게 되면 다음 달에는 수입이 조금 더 늘겠지.

그리고 이전에는 아무도 만나고 싶지 않고 마음에 두려움뿐이었지만, 이제는 마음이 꽤 편해졌다. 사람을 마주하고 대화하는 것도 자연스러워진 기분이다.

저도 믿기지 않지만 저는 1년 가까이 밖으로 나가지 않고 집에서만 지낸 시기가 있습니다. 그러나 택배 일을 할 때는 누구보다 이르게 집을 나서서 느지막이 집에 돌아오는 하루하루를 살았습니다. 상반되는 일과입니다. 그래도 반은 용기로, 반은 현실이라는 벽의 강제성으로 시작한 택배 일이 몸은 고됐어도 제 인생의 고난을 이겨내게 하는 계기가 되었음을 지금은 압니다. 때로는 마음의 병이 몸의 병으로 이어지는 것처럼, 몸이 건강해지는 게 마음의 건강으로 이어지기도 합니다. 한때는 택배 일이 제 자유를 가로막는다고 생각했는데, 길게 보니 택배 일이야말로 제 삶의 자유를 되찾아준 계기였습니다.

3

인천 택배 기사의 삶

"저 어린 녀석 밥은 먹여야지."

영혼 없는 껍데기 상태로 겨울을 보내고 봄이 오자, 아이가 눈에 보이며 이제는 스스로 만든 감옥에서 빠져나가야겠다는 생각이 들었습니다. 생각만으로 모든 걸 털고 일어날 수는 없었지만 치료를 병행하며 천천히 재기의 기회를 찾았습니다.

사실 우울증의 수렁에서 헤매는 동안에도 지인들이나 링크드인을 통해 입사 제안을 받았습니다. 모 대학교의 스타트업 정부 지원 사업을 담당할 교수직 제안도 왔었고요. 하지만 제 몸과 마음이 정상이 아니었기에 어떤 제안도 수락할 수 없었습니다. 공황장애와 대인 기피 증세가 심해서 평범한 회사 생활을 할 수가 없었으니까요. 우선 사람과의 접촉을 최소화할 수 있는 일을 찾았습니다. 상태를 정확히 알기 위해 동네 세차장에서 아르바이트를 시도했다가 3일 만에 이런 말을 들으며 해고된 웃지도 울지도 못할 에피소드도 있습니다.

"다른 근무자들이 동욱 씨와 일하는 게 불편하다고 하네요. 표정도 어둡고 대화도 어렵다고요."

그러다가 우연히 접한 게 쿠팡의 '플렉스'입니다. 기업활동에 개인이 참여하고 그 수익을 공유하는 크라우드소싱 형태였습니다. 배송 아르바이트라고 할 수 있는데, 누구나 자가용으로 배송을 하고 보상을 받을 수 있었지요. 수익이 많은 건 아니었지만 업무량도 적고 사람도 만나지 않으니 저에게 안성맞춤이었습니다.

아무한테도 방해받지 않는 새벽에 나서서 해가 뜨기 전까지 아파트와 빌라 골목을 돌며 물품을 배송했습니다. 새벽 배송이 익숙해지자 시간대를 바꿔가며 오전과 오후 배송도 도전하고, 그다음에는 쿠팡 캠프를 변경해가며 최적의 일정과 루트를 찾았지요. 어느새 하루를 꼬박 배송 일에 쓰게 됐습니다. 인천 구석구석 안 가본 데가 없었습니다. 새벽에는 연수구, 낮에는 남동구, 저녁에는 미추홀구를 돌았지요. 그런데 종일 운전하고 물품을 나르며 몸이 고되고 힘든 것과 반대로 마음은 오히려 안정을 찾기 시작했습니다. 햇볕을 쬐고 맑은 공기를 마시면서 땀이 날 정도로 몸을 움직이니 상쾌함도 들었고, 살던 도시의 새로운 동네를 이리저리 방문하는 재미도 있었습니다. 전문가의 상담 치료와 곁을 지켜준 좋은 사람들의 덕이 가장 크지만, 배송 일로 몸을 움직이며 하루를 보내는 것도 큰 도움이 됐습니다.

"그래, 택배 일을 본격적으로 해보자!"

결심은 했지만 무엇부터 어떻게 시작해야 할지 아는 바가 없었습니다. 유튜브도 찾아보고 동네 택배 기사님을 붙들고 질문하며 알아보니, 기본적으로 화물운송자격증과 트럭을 운전할 1종 면허가 필요했습니다. 화물운송자격증부터 따고 실내 운전 연습장에 등록했습니다. 시뮬레이터라 현실과 다른 감이 있긴 했지만 그래도 두 차례 재시험 끝에 1종 보통 면허도 취득했습니다. 다음은 배송용 트럭을 구할 차례였는데, 직접 구매하지 않고 대리점에서 대여해 매달 사용료를 내는 방법도 있었으니 큰 문제는 아니었습니다. 가장 큰 산은 택배 기사로 일을 받는 과정이었습니다. 택배 대리점에서 구인 공고를 내면 그때 지원하거나, 물류회사에 알선 수수료를 내고 대리점을 소개받아야 했습니다. 그런데 이 과정에서 법에 저촉되지 않는 불합리한 일들이 벌어지곤 했습니다. 과도한 알선료를 요구하거나, 높은 이자의 대부업체를 끼고 트럭을 비싸게 파는 것이었지요. 그런 사실을 알고 나니 대리점을 찾는 데 몹시 조심스러워졌습니다. 그러다가 당시 살던 아파트를 담당하는 택배 기사님과 대화를 나누게 되었고, 인천 택배 터미널에 가보라는 말을 들었습니다.

"택배 일을 하고 싶어서 왔습니다."

간절한 마음에 맨땅에 헤딩하듯 터미널로 찾아가 말했습니다. 어떻게든 일을 구해야 했던 저와 난감해하며 저를 돌려보내려는 직원들 사이에 실랑이가 벌어졌습니다. 그러던 중 안쪽 사무실에서 그 모습을 지켜보던 누군가가 저를 불러 자초지종을 물었습니다. 택배 기사가 되고 싶어서 왔다는 말에 처음에는 황당해하더니, 어딘가로 전화를 걸더군요. 전화를 마친 뒤 저에게 어느 대리점으로 가보라는 게 아니겠습니까? 그분이 바로 인천 택배 터미널을 담당하는 센터장님이었습니다.

"센터장님도 참 어떻게 딱 지금 우리 대리점에 전화를 주셨나 몰라. 마침 기사님 한 분이 그만두시거든요."

다시 생각해도 기적처럼 놀라운 타이밍입니다. 또 나중에야 알았는데, 대리점 점장님은 센터장님이 직접 전화를 걸어 소개해줄 정도이니 센터장님과 저 사이에 깊은 친분이 있으리라 짐작했다고 합니다. 현장에서도 어쩌다 센터장님을 마주치면 인사를 드리고 센터장님도 받아주고 하니, 다른 택배 기사들도 모종의 관계가 있겠거니 짐작했다는 겁니다. 모종의 깊은 관계는 없지만, 제 특이한 사연에 흥미를 보이면서도 제 진심과 간절함을 알아봐주신 센터장님 덕분에 저는 한진택배에서 본격적으로 택배 일을 시작하게 됐습니다. 택배일에 익숙해진 다음에는 주말에도 트럭을 끌고 나가서 중고 거래한 가구를 옮겨주는 일로 돈을 벌었습니다.

택배 기사가 되고 살펴본 동료 기사들은 이렇게 구분되더군요. 군대 제대 후 단기간에 목돈을 벌고 나가려는 20대와 사업에 실패해 재기하는 동안 택배 일로 생활비를 버는

30~40대, 그리고 10년 넘게 택배 일을 한 50대와 그 이상. 각자 여러 가지 이유와 목적으로 택배 기사가 됩니다. 그러다가 대리점주가 되면 택배 기사들을 고용해 구역을 관리합니다. 영업 능력이 있는 기사들은 여러 화주 즉 거래처와 계약을 맺고 집하 전문 택배 기사가 되고요.

저는 앞서 말한 세 가지 중 두 번째 이유로 택배 일을 시작했습니다. 기존 기사님이 그만두며 난 빈자리에 들어간 덕분에 기존 기사님이 맡던 구역을 그대로 이어받았습니다. 특히 원인재역 앞에 있는 아파트는 20개 동으로 구성된 대단지라 고정 물량이 많이 나오는 좋은 구역이었습니다. 사실 어디나 그렇듯 텃세 때문에 신입 기사는 이런 좋은 구역을 맡기 힘든 편인데 제가 운이 좋았습니다. 대신 엘리베이터 없는 5층짜리 아파트도 함께 맡으며 쉬운 구역과 어려운 구역을 골고루 담당했지요.

보통 택배 일을 처음 시작하는 사람은 트럭 운전도 미숙하고 구역 지리도 잘 모르니 동 호수로 정확한 주소를 찾기 쉬운 아파트 단지부터 맡게 됩니다. 일에 익숙해진 다음에는 골목길 위주의 빌라나 주택까지 넓히고요. 아파트는 주소도 찾기 쉽고 기본 물량도 안정적으로 보장되지만, 대개 엘리베이터가 있어서 배송 시간을 줄이기 힘들다는 단점이 있습니다. 반대로 번지라고 부르는 일반 주택가는 길을 찾기가 힘들고 골목이 많은 게 단점이지만 일단 익숙해지면 빠르게 배송할 수 있는 장점이 있었습니다.

그렇게 한진택배에서 일한 지 6개월이 넘었을 무렵의 일입니다. 함께 일하던 후배 기사가 CJ대한통운으로 이직하더니, 저에게도 올 생각이 없느냐고 연락을 해왔습니다. CJ대한통운은 타사 대비 물량이 많아서 모든 택배 기사가 가고자 하는 택배사입니다. 그만큼 들어가기가 어려운 곳인데 마침 자리가 났다는 겁니다. 후배 말로는 법이 바뀌면서 기존에 일하던 외국인 기사 한 분이 퇴사하게 됐다나요? 그래서 다음 해, 저는 CJ대한통운으로 이직했습니다. 인천 미추홀구의 주안동점 소속이었지요. 택배 물량은 한진택배에서 일할 때보다 많아졌고, 담당 구역은 좁은 골목과 높은 언덕이라 일은 예상보다 더 힘들었습니다. 더구나 CJ대한통운은 배송 과정과 시간 등을 아주 엄격하게 관리하고 있었습니다. 대리점마다 점수로 평가를 받기 때문에 소속 기사들도 신경을 기울여야 했습니다. 오배송이나 고객 불만이 생기면 큰 타격을 받았지요. 양질의 서비스를 위한 방안이었으나 제게는 많이 힘든 분위기였습니다. 정신 건강이 어느 정도 회복되긴 했어도 아직 그 정도의 부담감과 압박감을 거뜬히 견뎌낼 정도는 아니었던 모양입니다. 점수가 떨어질까 봐, 오배송이나 고객 불만이 있을까 봐 하루하루가 불안했습니다.

"여기서 오래 일하는 건 힘들 것 같아. 새로운 일을 알아봐야겠어."

다행히 원하던 대로 금세 새로운 일을 찾아 자리를 잡을 수 있었는데, 어쩌다 보니 그 일도 택배와 관련된 일이었습니다. 반찬기업의 새벽 배송 업무를 관리하는 일이었거든요.

"난 택배랑 떼려야 뗄 수가 없는 사이인가 봐."

처음 시작할 때만 해도 택배 일이, 택배 기사라는 직업이 제 인생을 뒤바꿔놓을 거란 사실은 상상조차 하지 못했습니다. 제 인생은 정말 짐작도 못 하는 곳으로 저를 이끄는 사건 투성이인 것 같습니다.

4

진리가 너희를 자유케 하리라

인생을 뒤바꾼 택배 기사 일을 시작하게 된 결정적인 계기를 고민해봤습니다. 블록체인 기반의 게임을 만들기 위해 스타트업에서 짧게 근무하다 그만둔 것이 가장 먼저 떠오릅니다. 덩달아 퇴사하며 포기해야 했던 프로젝트 코인도 떠오릅니다. 지금 시세로 꽤 큰 금액이라 심경이 복잡해지기도 합니다. 그렇게 아쉬운 점을 생각하다 보면 이런 가정도 하게 됩니다.

"만약 그때 퇴사하지 않고 어떻게든 문제의 프로젝트를 성공시켰다면 어땠을까?"

그랬다면 지금쯤 저는 블록체인 분야의 유명 인사가 됐

을 겁니다. 당연히 택배 기사의 고된 삶을 살 필요도, 여러 회사를 돌아다니면서 영업할 필요도 없었을 거고요. 오래된 중고차를 타고 다니지도 않았을 것입니다. 어쩌면 실리콘밸리에서의 화려한 삶 이상으로 많은 것을 누리며 살았을지도 모릅니다. 펜트하우스에 살면서 고가의 차를 몰고, 직접 만든 부동산 게임 안에서는 인천 송도의 랜드마크인 포스코타워의 건물주가 되는 거만한 삶을 살지는 않았을까요?

그러나 기회주의자라는 수식어가 영원히 붙어 다녔을 것이고, 지금 누리는 자유로움과 자족감은 없었을 것 같습니다. 마음의 안정을 찾는 데 도움을 주는 교회도 다니지 않았을 테고, 소중한 지인들과도 교제하지 못했겠지요. 친구 가족과 영종도 캠핑장에 다녀오며 즐거운 추억을 만들 기회도 없었을 겁니다. 사람들 눈을 피해 외국의 고급 리조트에서 휴가를 즐길 수는 있었겠지만, 일상의 소소한 행복과 만족감은 늘 부족했겠지요. 물질적으로 풍요로워도 마음은 빈곤했을 것입니다. 제가 자유와 자족감을 느끼며 사는 법을 배운 것은 꼭 대기에서가 아니라 바닥에서 힘겹게 일어난 순간이었으니까요. 우울증에 빠져 힘들고 고단한 시간도 있었지만 저는 과거

소소한 행복, 캠핑

에 상상했던 뻔한 꽃길보다 지금의 제약 없고 자유로운 삶이 좋습니다.

종종 막내와 함께 집 앞에 있는 연세대학교 송도캠퍼스로 산책을 하러 가는데, 갈 때마다 눈길이 가는 비석이 있습니다. "진리가 너희를 자유케 하리라."라는 성경 구절이 적혀 있는 비석입니다. 예수님의 가르침으로 진리를 얻으면 죄로부터 자유로운 삶을 산다는 의미가 담겨 있습니다. 제 마음에도 깊이 새겨진 문구입니다. 제가 부정적인 감정으로부터 자유로워진 것은 힘들어도 끝까지 진실의 길, 진리를 따른 덕이었으니까요.

진리와 진실을 따르는 것은 어렵지 않습니다. 스스로 옳다고 믿는 길로 가면 됩니다. 사실 자신이 믿는 것이 잘못됐다는 것을 알아도 그 사실을 인정하기란 쉽지 않습니다. 옳지 않음을 알면서도 계속 자기 합리화를 할 뿐, 고치려고 하지 않는다면 부자유의 극치를 느끼며 살겠지요. 저도 그런 삶을 살았던 적이 있습니다. 전환점이 없었다면 계속 그렇게 살았을 겁니다.

과거 실리콘밸리에서 게임회사 직원으로 근무할 때는

회사의 게임을 여기저기 홍보하고 이용을 유도하면서도, 집에서 아빠로서 아이들의 게임을 제한했습니다. 그 두 가지 역할의 차이에서 종종 괴리를 느꼈습니다. 물론 신념을 완전히 외면하는 것과는 차원이 다른 속박이었습니다. 스타트업에서 근무하며 게임 프로젝트를 '어떻게든' 성공시키겠다고 마음먹었다면, 저는 투자자들에게 약속한 것과 방향이 달라졌음을 알고도 진행했을 겁니다. 그것이 옳지 않으며, 제 신념에 어긋난다는 것을 알면서도 외면한 채로요. 마음속으로 뭔가 잘못됐다고 느끼면서도 어쩔 수 없다며 틀림을 모르는 척하고 이중적으로 행동했을 겁니다. 그러니 자유롭지 못하고 공허한 나날을 보내게 됐겠지요.

다행히 제 인생에는 새로운 전환점이 찾아왔습니다. 괴롭고 절망적인 시간을 겪어야 했지만 그래도 그 덕에 진리를 추구하며 자유롭고 충만한 삶을 살게 됐습니다.

진리를 추구하고 따른다는 것은 끊임없이 배워야 한다는 뜻이기도 합니다. 세상은 빛의 속도로 변화하고 매일 새로운 소식과 신기술로 시대가 바뀌고 있습니다. 배움을 멈춰버린 사람들도 자유로워질 수 없기는 마찬가지입니다. 미지의 공포에 사로잡혀 도전하지 않는 것을 스스로 합리화하고, 배움 대신 엉뚱한 일에 시간을 낭비한다면 과연 진리를 얻을 수 있을까요? 사실 저도 과거에는 배움을 즐기지 않았습니다. 게임 스타트업에서 실무를 하며 제 무능을 실감한 다음에야 끊임없이 배우려는 자세를 얻었습니다. 이전에는 제가 아주 유능하고 대단한 인재라고 생각했는데, 막상 실무에 뛰어드니 예상처럼 쉽게 풀리지 않더군요. 그간 관리자로서 쌓은 업무 능력이나 수많은 비즈니스 인맥은 스타트업 실무에 소용이 없었습니다. 스타트업 정글에서는 계속 새로운 것을 배우고 실행해야만 살아남을 수 있었습니다. 순식간에 새로운 시대가 열리는 이 세상 전체에서도 마찬가지입니다.

저는 블록체인 기반의 게임으로 글로벌 시장에서 성공하는 꿈을 꾸다가 하루아침에 전혀 다른 업종인 택배 기사의 삶을 살게 됐지요. 실패라고 생각했습니다. 그러나 오히려 해가 뜨고 지는 것을 느끼고 택배에 행복해하는 고객들을 보면서 진리는 과연 무엇이고 행복은 과연 무엇인가라는 질문에 답을 찾게 되었습니다. 지금은 매일매일 당연하다는 듯 새벽이면 떠오르고 오후면 지는 태양을 보면서 감사와 경탄을 하는 삶을 살고 있습니다.

택배 기사의
이중생활

택배 기사 일을 하면서 가구도 옮기고 이삿짐도 옮기며 돈을 벌었다. 그게 투잡, N잡의 시작이 아니었을까 싶다. 직업은 자아실현의 수단이라고 하는데, 아무래도 나는 하나로는 자아실현이 어려운 모양이다. 그래도 나 같은 사람이 적지 않은지 여러 개의 직업을 가지는 사람들도 많아지고 연예인들은 부캐를 두기 시작했다. 생계를 위해 택배 일을 시작했던 가장은 어느새 어엿한 N잡러가 됐고 진리를 추구하는 태도도 깨치며 자유롭게 살고 있다. 내 인생의 가장 큰 의미를 가진 전환점이 택배 일이라면, 그 다음가는 전환점은 생계에 안정을 가져다준 N잡, 그중에서도 투자가 아닐까 싶다.

1

택배 기사에서 N잡러로

.

N잡러가 된 첫걸음은 앞서 말했던 것처럼 "CJ대한통운의 철저한 관리 시스템은 내 성향과 맞지 않으니 오래 일할 수 없을 거다. 새로운 일을 찾아야겠다!" 하는 마음에서 시작됐습니다. 평소 자주 사용하던 중고거래 앱 덕이 컸습니다.

"이게 중고거래가 된다고?"

일을 찾겠다고 결심한 지 얼마 되지 않아서 앱에 올라온 어느 중고 물품(?)이 눈에 띄더군요. 반찬 새벽 배송 업체의 한 대리점을 양도한다는 글이었습니다. 중고라면 뭐든 거래할 수 있는 앱이라지만, 대리점을 양도하겠다는 글은 황당하기도 했습니다. 한편으로는 호기심이 생겨서 연락처를 저장하고 주말에 전화를 걸었습니다. 간단한 설명부터 들었는데, 본점에 가맹비를 내고 계약하는 것이 아니라 개인 사이의 거래라 좀 이상하다는 생각이 들었습니다. 의문을 해결하기 위해 본사에도 연락했습니다.

"개인끼리 대리점을 두고 거래한다고요? 아뇨. 저희는 그런 거래는 안 됩니다. 절대 안 되죠."

예상대로 개인 사이의 대리점 양도는 금지였습니다. 심지어 중고거래로 제시한 보증금이 매출에 비해 터무니없이 비싸며, 사기일 수 있다는 것도 알게 됐습니다.

"이런 식으로 사기를 치는 경우가 많아요. 판매 수익은 아예 포기하고 자비로 마케팅을 해서 매출을 부풀리는 거예요. 그리고 매출이 높은 지점인 척 보증금을 비싸게 받고 권리를 파는 거죠."

당연히 중고거래로 대리점을 시작하지는 않았습니다. 다만 좋은 서비스라는 생각은 들었습니다.

"앞으로 새벽 배송 시장은 점점 커질 거다."

그런 직감이 들었습니다. 그래서 친구의 도움까지 받아 반찬기업 대표님에게 새로운 방식을 제안했습니다. 동 단위의 작은 구역이 아니라 인천 전 지역을 대상으로 한 대리점을 운영하는 방식을요. 그 인천 지역 대리점을 제가 맡으면서 택배를 시작한 지 1년여 만에 반찬기업의 대리점주가 된 것입니다.

여기서 만족하지 않고 일을 더 찾다가 집하 계약을 맺었습니다. 집하는 전국으로 상품을 발송하는 기업을 고객으로 삼고, 상품을 매일매일 수거해 물류 터미널에서 발송하는 작업입니다. 보통 한번 집하 계약을 맺은 고객사는 어지간하면 택배사를 교체하지 않지요. 이사를 해도 대리점만 바뀔 뿐 회사는 바꾸지 않습니다. 그만큼 좋은 고객이라 택배사 대리점의 점주가 직접 영업하거나, 배송하던 기사들이 문의를 받아 계약이 진행됩니다. 그런데 저는 좀 특이한 과정으로 계약을 맺었습니다. 중고거래를 하다가 만난 에스프레소 생산 업체 사장님과 집하 계약을 맺은 것입니다. 코로나 바이러스 유행으로 오프라인 커피 소비는 줄고 온라인 커피 소비는 늘기 시작한 시기라, 큰 거래처가 될 거란 예측을 하며 사장님에게 적극적으로 영업을 했습니다. 때마침 사장님은 기존에 계약한 택배사에서 다른 택배사로 옮기려고 새로운 곳을 알아보던 중이었습니다. 저는 회사의 엄격한 관리에 지쳐 있었고요. 그래서 사장님과 집하 계약을 약속하고 롯데택배로 이직했습니다. 저는 집하 계약 건을 가지고 비교적 원활하게 롯데택배로 이직했고, 사장님은 원하는 대로 택배사를 바꿀 수 있었지요. 그렇게 특이한 방법으로 집하 고객사를 확보한 저는 이직한 롯데택배에서 대리점을 소개받고 택배 집하 전문 기사가 되었습니다. 배송 기사 일과 달리 집하 일은 저와 꽤 잘 맞았고, 생계와 마음에 안정이 찾아온 지금도 계속 집하 일을 하고 있습니다.

이렇게 투잡을 하면서도 부족한 듯해, 새로운 일을 찾았습니다. 새벽에 반찬을 배송하고 저녁에 택배 집하를 하니 그 사이 시간이 남으니까요. 이번에도 앱의 도움을 받았습니다. 중고거래 앱은 아니고, 택배 기사와 도우미를 연결하는 앱입니다. 물량이 많은 고층 아파트 단지를 담당할 때, 엘리베이터를 타고 배송하는 시간을 줄이기 위해서 도우미를 쓰기도 하거든요. 그 도우미와 택배 기사를 연결해주는 앱을 찾아 사용한 겁니다. 저는 전직 택배 기사라 보통 도우미보다 훨씬 능숙하고 빠르게 일을 처리할 수 있었습니다. 그 덕에 택배 기사의 제안으로 아예 계약을 맺었습니다. 일종의 스카우트였지요. 주 4일제였습니다. CJ대한통운의 택배 기사로 일할 때 주안동 골목을 오가며 "언제쯤 고층 아파트에서 원 없이, 편하게 배송해보나?" 하고 한탄한 적이 있습니다. 그런데 어느새 카트에 택배를 수북이 쌓고 송도의 초고층 아파트 엘리베이터를 타고 있었지요. 어쩐지 부자가 된 기분이었습니다.

이렇게 N잡러의 생활이 시작됐습니다. 매일 새벽 4시 반에 일어나 트럭을 몰고 인천 곳곳을 누비며 반찬을 배달하고, 오후에는 송도에서 택배 도우미 일을 했습니다. 그리고 저녁에는 택배 집하를 했지요. 집하가 끝나도 퇴근은 아니었습니다. 중고로 거래한 가구를 실어다 주는 일을 했거든요. 주말에도 쉬는 대신 트럭을 몰고 지방을 오가며 용달 일을 했습니다. 하루에 4시간쯤 잤던 것 같습니다. 운전하다가 피곤하면 구석에 주차하고 차에서 쪽잠을 잤고, 배고프면 차에서 김밥이나 햄버거를 먹었습니다. 늦은 밤 퇴근해서 혼자 밥을 챙겨 먹다가 조는 일은 일상이었고, 졸음운전 사고로 죽을 고비도 몇 번이나 넘겼습니다. 체감 온도가 영하 20도로 떨어진 날에도 핫팩을 붙이고 일했고, 장마철에도 우비를 입고 매일 일했지요. 배송부터 집하와 화물 용달까지 하면서 어느새 저는 보통 택배 기사가 아닌 일당백 택배 사업가가 되어 있었습니다.

저는 일하면서 귀로는 오디오북이나 유튜브를 들었습니다. 사실 처음 오디오북을 접한 건 미국에서 일할 때였지만 열정을 가지고 듣게 된 건 택배 일 때문이었지요. 주제를 가리지 않고 닥치는 대로 듣다 보니 경제 분야의 지식도 쌓게 됐고, 그렇게 알게 된 내용을 토대로 투자도 시작했습니다. 타이밍 좋게 몇 년 전 투자했던 게임 스타트업 액셀러레이터의 지분을 정리한 덕에 시드 머니도 생겼고, 쓰리잡으로 생계도 안정되고 여유도 생긴 덕이었습니다. 그렇게 시작한 투자는 점점 비중도 규모도 커졌습니다. 이제는 투자자도 제 여러 가지 직업 중 하나라고 자신 있게 소개할 수 있게 됐습니다.

자리에서 열심히 살아가다 보니 IT 업계 복귀도 성공했습니다. 미국 스타트업을 자문한 적이 있는데, 그때 알게 된 지인이 다리를 놔주었지요. 코로나가 한창이던 2020년 11월, 미국의 지인으로부터 짧은 문자가 왔습니다. 제 안부를 물으면서 저를 소개해주고 싶은 회사가 있다고 했지요. 사실 처음에는 예의상 하는 말이겠거니 싶어서 고민 없이 좋다고 답했고, 문자를 나눈 사실도 금세 깜빡 잊고 말았습니다.

그런데 며칠 후 정말로 글로벌 테크기업에서 이메일이 왔고 얼마 뒤에는 입사 면접까지 보게 되었습니다. 배송 일을 하던 시기라 배송 중에 아파트 지하 주차장에서 토니 왕Tony Wang 대표와 영상 통화를 했지요. 사실 큰 기대를 하지 않아서 준비도 거의 하지 않았습니다. 일하던 작업복도 갈아입지 않고 헤드폰을 낀 채 스마트폰으로 통화를 연결했지요. 스타트업에서 실패했던 일도 편하게 말했습니다. 제 이야기에 왕 대표는 한바탕 크게 웃더니 저와 비슷한 지인이 있다고 하더군요. 그러더니 이렇게 말하는 것이었습니다.

"코인 비즈니스는 매우 위험하죠. 그러니 다시 IT 업계로 복귀하는 게 어떻겠습니까? 아고라의 한국 진출을 당신이 도와주면 좋겠습니다. 우선 프리랜서로 6개월 계약을 하고, 한국 시장의 가능성과 당신의 성과를 지켜보고 싶습니다."

저는 다음 해 1월부터 아고라의 한국 사업개발 담당으로 일을 시작했습니다. 코로나 방역 정책 때문에 미팅도 온라인으로 참석했고, 그 덕에 다른 일들과도 병행할 수 있었지요. 같은 해 2월에 세계적으로 '클럽하우스'라는 실시간 소셜 오디오 앱이 선풍적인 인기를 끌면서 한국에도 상륙했습니다. 이때 핵심 솔루션을 제공한 것이 아고라의 실시간 소통 플랫폼이라는 사실이 IT 매체 기사로 알려졌지요. 그 덕에 3월부터 기술 문의와 계약이 늘어나기 시작했습니다. 국내 최대 IT 기업에서도 연락이 오고, 몇 주 후에 바로 계약하기도 했습니다. 거짓말처럼 큰 계약이 성사되어 얼떨떨했던 기억이 납니다. 그 이후로는 메타버스라는 키워드가 IT 업계의 큰 화두가 되었습니다. 미국의 페이스북은 회사명을 '메타'로 변경했고, 국내에서도 수많은 메타버스 프로젝트와 스타트업이 생겨났습니다. 그러면서 많은 회사가 아고라의 실시간 소통 플랫폼으로 음성, 영상 통화 기능을 개발했습니다. 저도 계속해서 계약을 성사시킬 수 있었지요. 마치 과거 피처폰에서 스마트폰으로 플랫폼이 완전히 바뀌던 시기에 모바일 게임회사에서 근무하며 큰 흐름을 탔던 것처럼, 포스트 코로나 시대에 또 한 번 실시간 플랫폼으로의 전환에서 큰 흐름을 타고 있었던 것입니다.

그렇게 지금은 아고라의 한국지사장이 됐습니다. 더불어 반찬기업의 인천 대리점주이고, 투자자이며, 여전히 택배 집하 전문 기사이기도 합니다. 불치병 환자가 기적적으로 치유되어 신에게 감사한 것처럼, 저도 기적적으로 우울을 떨치고 어엿한 N잡러로 재기한 것에 감사하고 세상에 그 기적을 돌려주기 위해 노력하고 있습니다. 그래서 한동안 내지 못했던 헌금도 기쁘게 내고 있고, 생계에 여유가 생긴 뒤로는 반찬과 집하 일의 수익을 모아 기부하고 있습니다.

저는 계속해서 행복을 배송하기 위해 인천을 누빕니다.

2
가상화폐에 대한 생각

코로나로 인한 2020년 주가 대폭락 이후, 저도 일명 '동학개미운동'에 동참했습니다. 택배 업무 특성상 운전하거나 엘리베이터에서 보내는 시간이 많습니다. 그 시간을 알차게 써보려고 라디오와 음악으로 시작해 온갖 들을 거리를 찾아 들었습니다. 그러다가 오디오북까지 듣게 됐는데, 거기에 흠뻑 빠졌습니다. 틈이 날 때마다 헤드폰을 끼고 오디오북을 들었지요. 한 권을 듣는 데 8시간쯤 걸렸고 이틀에 한두 권은 읽었습니다. 장르와 주제를 가리지 않고 듣다 보니 더 알아보고 싶은 분야도 생겼습니다. 그럴 땐 유튜브로 강의나 방송을 찾아서 보고 글로 정리해 짧은 독후감도 썼습니다. 가장 크게 관심을 가지고 깊이 알아본 분야는 바로 투자입니다. 열심히 공부하고 나니 실제로 투자를 해보고 싶어졌습니다. 새벽에 반찬을 배송할 때 수시로 오디오북과 유튜브 강의로 투자에 대해 배우고, 자투리 시간을 이용해 스마트폰으로 트레이딩을 했습니다. 주로 운전하다 길게 정차할 때나 차에서 밥을 먹을 때, 엘리베이터를 탈 때였지요.

과감히 시작한 것처럼 보이지만 사실 처음 비트코인이란 걸 알았을 땐 부정적인 생각밖에 들지 않았습니다.

"이런 건 투기 세력도 너무 많고 법체계도 없으니 무법천지일 게 뻔해. 운이 좋으면 쉽게 돈을 벌 수도 있겠지만 그런 돈은 결국 쉽게 잃지."

이런 식으로 제대로 알아보지도 않고 단정했습니다. 게임 스타트업에서 오직 돈만 추구하는 사람들을 만났던 경험 때문일지도 모르겠습니다만, 가장 큰 이유는 무지였습니다. 당시 저는 블록체인에 대한 개념적인 이해만 있었을 뿐 그 기술로 어떤 일을 할 수 있는지 폭넓은 이해는 부족했습니다. 코인과 토큰의 개념도 혼동하고 있을 정도로 너무나 무지한 상태였습니다. 그러다 문득 여우와 신 포도 우화 속 여우가 된 것 같다는 생각이 들었습니다.

"잘 모르는 분야라고 무작정 두려워한 건 아닐까? 공부하거나 알아볼 생각은 안 하고, 내가 시도할 수 없는 분야라고 생각해서 나쁘게만 본 건 아닐까?"

마치 손이 닿지 않는 담 너머 포도가 시고 맛없을 거라고 합리화하던 여우처럼요. 그래서 비트코인을 공부하기로 했습니다. 먼저 돈의 역사에서 비트코인의 등장이 어떤 의미인지 담아낸 다큐멘터리를 봤습니다.

우리는 환율을 통해 대한민국 원화의 상대적인 가치를 알 수 있지요. 비트코인도 마찬가지입니다. 부동산과 주식, 채권, 금 등의 자산에 투자하는 것처럼 비트코인에도 투자할 수 있고요. 다큐멘터리로 이런 사실을 알게 되니, 비트코인으로 대표되는 암호화폐의 가치와 시스템도 이해할 수 있었습니다. 게임 내 경제시스템에 익숙한 것이 도움이 됐습니다. 비트코인이 앞으로 어떤 역할을 할지도 예상이 갔습니다. 동학개미운동으로 수익을 내며 자신감도 생긴 시점이라 더 고민하지 않고 암호화폐 투자를 시작했습니다. 모두가 아는 대로 그 시기는 상승장이었고 어떤 코인에 투자해도 수익률이 높았습니다. 특히 미국의 XRP로 쏠쏠한 재미를 봤지요. XRP 코인의 발행사 '리플랩스'가 미국증권거래위원회Securities and Exchange Commission로부터 소송을 당하며 XRP 가격이 폭락한 적이 있습니다. 미국 최대 암호화폐 거래소인 '코인베이스'에서 상장 폐지까지 된 탓입니다. 저는 XRP의 장기적인 가치를 믿고 가격 폭락 중에도 과감히 투자했습니다. 그 덕에 큰 수익을 보며 환희를 경험했습니다. 그러나 환희 뒤에는 공포가 따라온다는 것은 나중에야 알았지요.

어느 암호화폐 전문 기자 출신의 유튜버가 하루아침에 39억을 강제 청산* 당했다는 기사를 본 적이 있습니다. 강제 청산이 일어나는 경우는 이렇습니다. 어느 암호화폐의 가치가 높아지리라 예상하고 그 암호화폐를 담보로 대출을 받아 투자했는데, 암호화폐의 가치가 예상과 달리 떨어진 겁니다. 이런 상황에서 대출해준 기업이 대출금을 가져오기 위해 강제로 이용자의 투자 계좌를 해지하는 게 바로 강제 청산입니다. 그런데 계좌의 투자금에는 대출금뿐 아니라 원래 가지

---

* 청산 : 부채를 상환하거나 이해관계자에게 자금을 분배하기 위해 자산을 현금으로 전환하는 과정.

고 있던 자기 돈도 포함돼 있으니 그 돈까지 잃는 겁니다. 처음에는 어떤 상황인지 알기 어려웠지만 용어도 공부하고 투자 경험도 늘어나자 차츰 그 심각성이 이해가 갔습니다. 레버리지 투자*를 시도했다가 가격 폭락을 경험하면서 그 공포를 직접 체험하기도 했고요. 물론 이런 공포 때문에 투자라는 것 자체를 부정적으로 보고 인연을 끊을 생각은 그때도 지금도 없습니다. 오히려 더 늦게 투자를 시작하지 않아서 다행이라는 마음이 큽니다. 10년 후에는 퇴직한 실버세대가 세계 부의 50%를 차지하게 될 겁니다. 『2030 축의 전환』이라는 책에 나오는 내용입니다. 이 책을 읽다 보면 여러 생각을 하게 됩니다.

"10년 뒤의 행복을 위해 투자를 시작해서 다행이야. 나한테 잘 맞는 가상화폐를 선택한 것도 잘한 거지."

투자에는 여러 방법이 있는데 제 성향에는 가상화폐가 잘 맞습니다. 부동산은 경기가 꺾이면 거래가 어려워진다는 치명적인 단점이 있고, 소득 대비 과한 대출을 받았다면 금

---

* 레버리지 투자 : 수익이 차입비용을 뛰어넘을 것으로 예상해 대출 등 방법으로 투자금을 늘려 투자하는 것.

리 인상에 따라 대출금 상환 부담이 커지는 문제도 있습니다. 월급이 통장을 스쳐서 생활이 빠듯해질 거고, 여유 없이 무겁기만 한 삶을 살 거란 생각에 고개를 젓게 됩니다. 부동산 투자는 한 번 실패해도 사이클이 돌아 다시금 기회가 온다고 하지만 10년 이상을 기다려야 합니다. 그동안 상대적 박탈감을 느끼며 투자에 소극적으로 변할 것입니다. 당연히 개인적이고 극단적인 가정입니다만, 저는 성향상 이런 위험은 아주 조금도 감수하고 싶지 않았습니다. 주식도 비슷한 느낌이고요. 원천적으로 회사의 내부 정보와 공시 사이의 격차 및 시차 때문에 전문가의 분석 보고서에 의존해야 하는 게 불안했습니다. '찌라시'라고 부르는 사설 정보지의 루머에 주가가 영향을 받기도 하고, 주가조작 사건이나 작전세력 등에 의한 피해는 심심치 않게 뉴스와 주변에서 접할 수 있고요.

디지털 자산인 가상화폐는 24시간 거래가 가능한 거래소가 있고, 회계 기준의 분기 실적 보고가 아닌 블록체인 프로젝트의 성과와 그 기대에 따라 가치가 정해집니다. 증권형 코인부터 결제형 코인, 유틸리티 코인, 플랫폼 코인, 스테이

블 코인 등 다양한 종류가 있어서 복잡해 보이겠지만 실제로는 그렇게 어렵지 않습니다. 스마트폰으로 인터넷 쇼핑몰 앱을 내려받아 물건을 사고 포인트를 적립할 줄 안다면 충분히 이해할 수 있습니다. 아직 투자자에 대한 법적 보호나 세법 체계가 미비하지만 조금씩 발전하고 있지요. 정부와 금융권에서도 주의를 기울이며 경제의 한 부분으로 자리 잡는 중입니다.

블록체인 프로젝트를 기반으로 하는 코인의 가치는 세상에서 컴퓨터와 네트워크가 모두 사라지지 않는 한 더욱 커질 것입니다. 인스타그램이나 아마존의 가치가 데이터 센터에 저장된 고객 데이터라는 점을 생각하면 가상화폐의 가치도 이상할 게 없습니다. 저도 처음에는 수익이 나지 않는 코인 프로젝트는 가치가 있는가 하는 의문을 가졌지만, 스타트업이 투자를 통해 성장하고 대기업에 인수합병되거나 상장하는 사례처럼 기존의 경제 논리로는 해석이 안 되는 신경제의 원리를 공부하며 코인 프로젝트의 가치도 이해했습니다.

무엇보다 가상화폐의 기저에는 '새로운 기술'이 있습니다. 인터넷 네트워크 기술 혁명, 모바일 기기들의 발전, 그리고 빅데이터, AI와 같은 소프트웨어 기술의 발전으로 우리의 삶은 격변했습니다. 블록체인 역시 그런 기술과 혁신의 일종입니다. 세상은 제가 글을 쓰는 순간에도, 여러분이 그걸 읽는 순간에도 계속 발전하고 있습니다. 그런 세상을 살면 어쩔 수 없이 공부하고 배움에 힘을 써야겠지요. 끊임없이 배우지 않으면 기술 적응 라이프 사이클*에서 저도 모르게 뒤처질 테니까요.

"변화를 받아들이지 않고 과거의 패러다임에만 머물러 살았는데, 나중에 죽고 나니 하늘에서 블록체인으로 사람들의 이력을 관리하고 있으면 어쩌지?"

조금 엉뚱하긴 하지만 이 생각도 블록체인을 공부하고 가상화폐 투자를 시작하는 데 한몫했습니다. 물론 블록체인 기술이 코인 투자만을 위한 것이라고 착각하면 안 되겠지요. 스마트폰을 사서 메시지만 보내고 사진만 찍는 것처럼, 슈퍼 컴퓨터로 게임만 하는 것처럼요. 저도 블록체인을 계속 공부하고 있습니다. 투자를 시작으로 배움에 힘쓰게 된 것이 얼마

---

* 라이프 사이클(life cycle) : 한 종의 구성원이 주어진 발생 단계에서 시작해 뒤이은 세대에서 같은 발생 단계의 시작에 이르기까지 겪는 일련의 변화.

나 다행인지 모릅니다.

잘난 척하듯 배움을 말했지만 사실은 저도 부족함 때문에 겪은 안타까운 일들이 많습니다. 대표적인 사건은 가상화폐 월렛 해킹입니다. 스테이킹*에 쓸 코인을 넣어둔 가상화폐 지갑 즉 월렛이 있었는데, 어느 날 모든 코인이 모르는 곳으로 송금됐습니다.

"혹시 내가 다른 월렛으로 옮기고 깜빡한 건가?"

그저 제 희망일 뿐 실제로는 해커가 복구 암호를 알아내서 코인을 인출한 것이었습니다. 알아보니 비슷한 사례가 있기는 했습니다. 피싱에 당해 월렛의 아이디와 비밀번호를 준 경우였지요. 다만 저는 피싱을 당한 적도, 월렛 계정을 누군가에게 알려준 적도 없었습니다. 머리를 부여잡고 고민하던 차에 인도네시아 IP주소에서 제 계정에 접근했다는 경고 이메일을 받았습니다. 그제야 언젠가 복구 암호를 잊지 않으려고 따로 적어두던 순간이 떠올랐습니다.

"계정 정보는 꼭 종이에 적어두라고? 그렇게 하면 매번

---

* 스테이킹(Staking) : 블록체인 네트워크에 디지털 자산을 맡기고 같은 종류의 가상화폐로 이자를 받는 방법. 은행 예금과 유사한데, 일반적으로 은행 예금보다 이자율이 높고 매일매일 이자를 받을 수 있어 투자에도 활용할 수 있다.

찾기 힘들 텐데, 그냥 온라인 노트에 적어두자. 누가 볼 것도 아니고 괜찮겠지?"

괜찮지 않았습니다. 경고 이메일로 사태를 파악하고 접속차단과 암호 변경을 진행했지만 이미 월렛의 코인을 모두 잃은 뒤였으니 소 잃고 외양간을 고치는 격이었지요. 특히나 그 월렛은 다른 월렛과 달리 2단계 인증까지 거칠 필요가 없어서 더 취약했습니다. 탈취당한 코인의 금액 자체도 상당했지만, 기대가 컸던 프로젝트의 코인이었기에 아쉬움이 더 컸습니다. 한번 송금된 거래는 번복이 불가한 블록체인의 특성상 해커가 돌려주지 않는 한 잃은 코인을 되찾기는 불가능했습니다. 지푸라기라도 잡는 심정으로 스테이킹회사에 문의했지만 스테이킹에 필요한 암호와 인출에 필요한 암호가 달라서 기술적으로 복구 자체가 불가능하다는 답변으로 확인 사살만 당했습니다.

낙담과 자책의 시간이 지나고 평정심을 찾은 뒤 가장 먼저 다른 월렛들의 보안을 강화했습니다. 중요한 암호는 별도로 관리하고 정기적으로 온라인 암호를 변경하는 습관을 들였지요. 그리고 손실액을 보전하기 위해 진작 그만뒀던 용달 일도 했습니다.

"그래, 보안의 중요성을 깨닫는 데 비싼 수업료 낸 셈 쳐야지."

그래도 가상화폐 투자 생활은 멈추지 않고 이어가고 있습니다. 공부도 계속하고 있고요. 사실 사회생활을 시작한 뒤로는 계속 헌금도 냈고 종종 기부도 했습니다. 택배 기사로 일하던 몇 년은 생활비를 벌기도 벅차서 잠깐 멈췄었지요. 그러다 새 직장을 얻어 첫 월급도 받고 투자했던 비트코인도 처분하며 다시 헌금과 기부를 시작했습니다. 마음 한구석에 계속 가지고 있던 빚이 청산되는 기분이었습니다. 그러면서 투자로 더 많은 열매를 수확해서 그만큼 더 많이 나누고 싶다는 목표도 생겼습니다.

3

N잡러의 하루

새벽 4시 반에 일어나 가상화폐 시장 상황을 확인하는 것으로 하루가 시작됩니다. 가상화폐 전문 유튜브로 차트도 분석하고 뉴스도 파악합니다. 아랍에미리트와 미국, 뉴질랜드 등 여러 나라의 유튜브를 다양하게 시청합니다. 모두 시간대가 달라서 언제든 최신 소식을 들을 수 있지요. 꼭 세계 각국에 파견 나간 특파원 같습니다. 지금 보는 채널은 아래 5개 정도인데, 계속해서 새로운 채널을 찾으며 저만의 관점을 만들 수 있게 공부하고 있습니다.

비트슈아BitShua

MMCrypto

Lark Davis

Coin Bureau

Alessio Rastani

매일 세계 최고 전문가들의 분석과 조언을 듣고 저만의 가설을 세우며 트레이딩합니다. 반찬 배송을 하던 1년 동안은 새벽 배송을 하며 차에서 방송을 듣고 정차할 때 트레이딩했습니다. 배송 업무를 안 하는 지금은 집에서 하고 있고요. 그래도 기상 시간은 새벽 4시 반으로 비슷합니다.

트레이딩을 마치면 블로그에 글을 씁니다. 주로 오디오북 독후감인데, 따로 기록하지 않으면 남는 게 책 제목뿐이라 짧게라도 독후감을 쓰려고 노력합니다. 일상생활이나 투자 경험을 정리하기도 하고, 주일 예배나 묵상 글에서 느낀 감상을 기록하기도 합니다. 종종 성경을 읽거나 묵상도 하고요. 가끔은 분야를 나눠 쓴 글을 여러 사람과 공유하며 생각을 나눕니다. 여러 가지 복잡한 생각도 정리할 수 있고, 그 분야에 대해 얼마나 알고 있는지도 점검할 수 있습니다. 글을 쓰고 나면 반찬기업 대리점주가 되어 일을 시작합니다. 새벽 배송은 1년 정도 했고, 지금은 쇼핑몰 관리만 합니다. 쇼핑몰에 들어온 반찬 주문을 확인해서 본점에 발주를 넣고 고객 문의에 답변도 달지요. 요즘은 지역화폐 결제 혜택 덕에 신규 고객이 느는 추세라 일하는 시간이 즐겁습니다.

새벽 일을 마치면 슬슬 해가 뜹니다. 날씨가 좋으면 달빛공원이나 센트럴파크에서 운동하며 일출을 맞이합니다. 떠오르는 해를 보며 하루를 시작할 에너지를 얻고 돌아오면 집을 정리하고 막내에게 아침을 먹여 어린이집에 데려다줍니다.

9시 이후에는 포스코타워의 공유 오피스로 출근해 아고라 한국지사장으로서 본격적인 업무를 시작하지요. 처음에는 1인지사였지만 한국지사의 중요성과 업무가 점점 확장되면서 식구가 3명 더 늘었습니다. 재택근무가 활성화돼서 사무실로 출근하는 건 여전히 저뿐이지만요. 이메일로 본사에 업무 상황을 전달하고, 고객사들의 이슈를 파악해 사내 메신저로 기술지원 담당자에게 공유합니다. 링크드인이나 세일즈포스를 활용해 새로운 고객을 발굴하기도 합니다. 오후에는 비즈니스 미팅을 위해 고객사가 있는 서울이나 판교로 가곤 합니다. 온라인으로 진행하자는 고객사의 요청이 있는 경우가 아니라면 단 30분의 미팅일지라도 1시간 넘게 운전해 담당자를 직접 만납니다. 거리를 마다하지 않고 고객사를 방문하는 이유는 다른 것보다 한국지사에도 담당자가 있음을 보여주기 위해서입니다.

다른 사무직처럼 오후 6시에 퇴근하고 나면 또다시 부캐로 변신하는데, 이번에는 택배 집하 기사입니다. 당일에 발송해야 하는 택배를 하나하나 스캐너로 등록하고 트럭에 실은 뒤 물류 터미널로 가서 상차 작업을 합니다. 모두 마치면 저녁 8시쯤 진짜 퇴근을 할 수 있지요. 집에서 저녁을 먹고 나면 막내아들과 놀아준 다음 책을 읽어주고 재웁니다. 그러면 이제 오디오북을 들으며 일기를 쓸 시간입니다. 모두 마치고 대개 10시쯤 잠자리에 듭니다.

바쁜 일상이지만 사업가와 직장인 그리고 투자자의 관점으로 다양하게 세상을 보면서 경제의 흐름과 뉴스를 파악하려고 노력합니다. IT 솔루션 사업개발을 통해 다양한 업계의 사람들을 만날 수 있는 것도 도움이 됩니다. 이동 중에도 틈틈이 오디오북이나 유튜브로 지식을 쌓을 수 있지요. 이렇게 바쁘지만 여유로운 N잡러의 삶을 살고 있습니다.

4
투자의 골든타임

투자에도 타이밍이, 골든타임이 있습니다. 제가 처음 그 개념을 접한 건 『부의 골든타임』이라는 책에서입니다. 투자에 앞서 전반적인 시장 상황을 이해하고 투자 시점을 분석하는 거시적인 관점을 보여준 책입니다. 거시적인 관점으로 골든타임을 확신한 덕에 2020년 하반기에 삼성전자에 투자한 동학개미 중 한 명이 되어 많은 수익을 올렸지요. 그 이후에도 투자로 수익을 올린 경우를 떠올려보면 운이 좋은 덕도 있지만 투자의 골든타임을 잘 잡았다는 생각이 듭니다. 조금 더 일찍 투자했더라면 더욱 좋았겠다는 아쉬움도 있지만 말입니다. 전 세계가 코로나 바이러스에 대한 공포로 떨고 있던 2020년

상반기에 투자한 투자자들은 정말 보통 사람들과는 다른 관점과 혜안을 가진 이들이 아닐까요?

거시경제적인 관점으로 봐도 2020년은 역사적으로 기록에 남을 만한 해였습니다. '저금리'와 '유동성' 두 가지 키워드로 요약할 수 있을 것입니다. 한마디로 값어치가 떨어진 돈이 시장에 넘쳐나는 시기였습니다. 그해 초부터 주식시장과 가상화폐 시장은 발 빠른 투자자들에게 일생일대의 투자수익을 가져다줬으니까요. 이런 투자의 골든타임을 겪고도 투자를 시작하지 않는 사람들의 심리는 과연 무엇일까 생각해보게 됩니다. 사실 저도 그런 과정을 지나왔습니다. 모든 사람이 같은 상황은 아니겠지만 저와 유사한 사례도 있을 테니 한번 정리해봤습니다.

가장 먼저 떠오르는 이유는 투자할 돈이 없다는 것입니다. 수입이 월급뿐이라면 투자를 위한 시드 머니가 없을 텐데, 투자하고 싶은 종목의 가격이 높다면 더욱 위축되겠지요. 게다가 뉴스나 지인들을 통해서 누가 얼마를 투자해서 얼마를 벌었다는 소식을 접하면 "아, 이 정도로는 투자할 수 없겠구나. 역시 투자도 여유 있는 사람들의 전유물이구나!" 하는 생각이 들 겁니다. 그러면서 끊임없이 자신의 재정 상태를 남들과 비교하고 투자할 수 없는 정당성을 찾습니다. 사실은 돈이 없어서 투자를 못 하는 게 아니라, 투자하지 않기 때문에 돈이 없는 것입니다.

두 번째는 투자 실패의 사례를 접해서, 혹은 투자에 실패한 적이 있어서 두려움을 가지고 있는 경우입니다. 생활비를 아끼거나 아르바이트를 해서 힘들게 모은 돈을 괜히 투자했다가 잃을까 봐 걱정되겠지요. 그리고 주식도 코인도 이미 때를 놓쳐서 지금 투자해봐야 수익을 올리기 힘들 거라며 포기해버립니다. 대부분 이런 걱정 때문에 투자를 망설일 것입니다. 어쩌면 이런 생각을 할지도 모르겠습니다.

"비트코인은 금융 기록을 남기지 않으려는 범죄자들이나 쓰는 거지."

"투자자가 보호를 받을 법이나 체계가 아직 많이 부족하잖아."

"하루에도 몇십 퍼센트씩 가격이 움직이는데, 완전 도박아니야?"

그런데 투자하지 않고 현금을 보유하는 것이 오히려 가

장 수익률이 낮고 위험하다는 걸 안다면 어떨까요? 현금의 가치는 시간이 갈수록 떨어지기만 하니까요.

세 번째는 일부 고학력자들 사이에서 나타나는 금융 문맹 유형입니다. 투자와 투기의 차이가 무엇인지 고민하며 철학적 고뇌에 빠지곤 하지요. 자신의 급여와 자산을 기준으로 가상화폐의 가치를 평가해보려고 하지만 쉽게 비교되지 않으니 가치 자체를 부정하기도 하고요. 시장 가치가 아닌 자신만의 기준으로 가치를 평가하고, 아이들이 용돈으로 게임 아이템을 사는 것을 이해하지 못하는 사람도 있을 겁니다. 그런 사람들이 메타버스 게임사 '로블록스'의 시가 총액이 수십조 원에 달한다는 것을 알면 어떤 기분일까요?

사실 모두 비트코인이나 투자에 대해 잘 모르기 때문에, 그리고 알아보려고 하지 않기 때문에 벌어지는 일입니다. 그리고 과거의 제 이야기이기도 합니다. 매일 4시 반에 일어나 트레이딩으로 하루를 시작해보니 과거의 제가 얼마나 게을렀는지 깨닫게 됩니다. 그리고 투자의 골든타임은 '바로 지금'이라는 것도요.

투자를 공부하고 시작한 다음에도 조심할 것은 있습니

다. 실수와 오판, 자만 등이지요. 한때 높은 수익을 올리며 억대의 가상화폐 자산을 운용했던 적이 있습니다. 저는 물론 가족들도 저를 투자자로 인정했고, 심지어는 몇몇 가족이 자산 일부를 위탁해 투자를 부탁하기도 했습니다.

그러나 한동안 상승장이 이어지리라는 제 판단과 달리 2022년에 역사상 최악의 금융 위기로 불리는 침체기가 시작됐습니다. 코로나 시기 미국이 달러를 거의 무한대로 발행해 양적 완화 정책을 펼치다가 팬데믹 종료 후 달러를 회수한 것이 큰 문제였지요. 러시아와 우크라이나 사이의 전쟁도 한몫했고, '자이언트 스텝'과 '빅 스텝'으로 불리며 여러 차례 진행된 연방준비제도의 금리 인상이 주는 충격이 컸습니다.

이런 방향을 예측하지 못한 저는 레버리지 투자를 했다가 담보 자산을 모두 청산당했고, 셀시우스 월렛 파산까지 겹치면서 큰 손실을 봤습니다. 수익률이 높을 때 일부를 현금화하여 다른 곳에 투자했더라면 2022년 하락장에서도 버텼겠지만, 불행히도 모두 한곳에 투자했던 터라 피해가 컸습니다. 그 유명한 루나 코인 증발 사건으로 인한 손실까지 있으니 가상화폐와 관련된 크고 작은 모든 사건에 직간접적으로 영향을 받은 것 같습니다.

여러 가지 패인을 분석하자면 시장 흐름을 반대로 예측한 것, 그래서 고점에 레버리지 투자를 한 것, 포트폴리오를 다각화하지 않고 가상화폐에만 집중한 것, 그리고 손실을 인정하지 않고 투자 회수의 기회를 놓친 것 등이 있겠지요. 어느 정도의 손실이 발생했을 때 투자금을 수거하고 다음 상승 곡선을 기다려야 했는데 끝까지 버티고 버티다 결국 더 큰 손실을 보게 된 겁니다. 전형적인 '개미투자의 실패'입니다. 그걸 반복하며 분석 기준도 판단력도 잃게 되고 그 상태로 트레이딩을 하다가 결국 큰 손실을 본 것이지요. 그렇다고 투자를 그만두지는 않았습니다.

"이번에도 비싼 수업료를 내고 실패의 한 유형을 배웠네. 이 경험을 바탕으로 더 안정적이고 합리적인 투자 포트폴리오를 구성하는 거야. 그래야 골든타임을 또 놓치는 일이 안 생기지."

사실 가상화폐 시장에 몇 번의 대폭락장이 반복된 뒤로는 현금을 가진 투자자가 줄어서인지 거래량이 대폭 줄었고, 기관 투자자들은 타이밍 좋게 저점 매수를 하고 있습니다. 여력이 없는 개미투자자들은 타이밍임을 알면서도 지켜만 보고 있겠지요.

저는 지금 혹은 다시 돌아올 골든타임을 놓치지 않도록 계속 공부하고 기준을 세우고 있습니다. 그러면서 투자가 삶보다 우선이 되지 않게 '건강한 투자 생활'을 많이 고민했습니다. 건강한 투자 생활은 근로소득이나 사업소득 일부를 투자해 수익을 만드는 것입니다. 전업투자자가 강의나 유튜브로 안정적인 수익을 만들어 투자를 이어가는 것처럼 안정적인 현금 흐름을 만드는 것이 중요합니다. 노동의 대가로 얻은 현금을 투자할 때 더욱 신중해지니까요. 그렇게 크고 작은 수익과 손실을 경험하며 자신만의 투자 신념이나 규칙을 세우고, 단기 수익 목적의 트레이딩부터 장기 가치를 믿고 '존버'하는 가치 투자까지 병행한다면 이상적인 투자에 성공하리라고 생각합니다.

그런 이상적인 투자를 하기 위해 노력하며 작은 가치도 가볍게 보지 않고 "어떻게 하면 좀 더 큰 가치로 만들 수 있을까?" 생각하는 사고의 전환을 하게 됐습니다. 자산 현황을 보면서 오늘 얼마를 벌고 잃었다고 생각하는 것이 아니라, 나의 투자 포트폴리오를 어떻게 조정하여 좀 더 나은 수익률을 만들 수 있을지 고민하고 있고요. 그래서 피라미드를 쌓듯이 가장 안전한 투자 자산에 가장 많이 투자하고, 변동성 높은 자산일수록 투자 금액을 줄여가며 분산 투자합니다. 위쪽이 일부 흔들리더라도 피라미드 전체는 무너지지 않도록 말입니다.

각자 자신에게 맞는 투자 방식이 있겠습니다만, 저는 장기적으로 여러 투자 자산을 복리로 쌓아가는 방법이 가장 안전한 느낌이고 즐겁습니다. 투자한 자산이나 종목이 폭등해 큰 수익을 본다면 기존에 하고 있던 일이 상대적으로 하찮게 보이진 않을까 걱정이 됩니다. 반대로 폭락해 마음이 힘들어지는 위험도 감수해야겠지요. 저는 차라리 한쪽 열매를 조금씩만 따 먹고 다른 식물의 밑거름으로 키워가면서 나만의 마르지 않는 정원을 가꾸는 행복을 누리고 싶습니다.

제 아이들도 투자에 두려움보다 관심을 가질 수 있기를 바라며 학원 비용을 줄이고 각자 주식 통장을 만들어주었습니다. 생각할수록 참 뿌듯하고 잘한 일 같습니다. 경제교육의 일환이기도 하지만, 아이들과 학교 공부가 아닌 다른 주제로 배움의 대화를 나누게 된 것도 무척 기쁩니다. 물론 자기가 산 주식은 언제 오르느냐는 질문에는 여전히 답을 하기 어렵지만 말입니다.

5

5. 오징어 게임에서 살아남는 법

2021년 10월 말, 페이스북이 전격적으로 사명을 메타로 바꾸면서 메타버스 테마주*인 '디센트럴랜드'와 '샌드박스'가 폭등했습니다. 특히 디센트럴랜드는 1세대 메타버스 프로젝트로 2018년에 가장 주목받은 회사 중 하나였습니다. 저도 초기에 투자했다가 많은 수익을 냈습니다. 아쉽게도 제가 투자금을 정리하고 다른 가상화폐에 투자한 지 하루 만에 300%가 상승해서 무척 속이 쓰렸던 기억이 있습니다. 언급한 두 가지 가상화폐 이외에도 여러 게임 프로젝트 가상화폐들이

---

* 테마주 : 시장에 상장된 주식들 중 하나의 주제를 가진 사건에 의해 같은 방향으로 주가가 움직이는 종목군.

실시간으로 폭등했습니다. 그 그래프를 보면서 지금이라도 추격 매수를 할까 하는 생각이 드는 한편, 자칫하면 투기판 한가운데로 들어가게 될까 봐 걱정스러웠습니다. 그게 제가 겪은 첫 번째 투기 유혹이었습니다.

"지금 사도 조금은 더 오르지 않을까?"

실제로는 뉴스에까지 실려 모두가 알게 된 시점이니 이미 타이밍을 놓친 것이지만 이런 생각을 하는 것도 당연했습니다. 당시 가상화폐 거래소인 업비트의 하루 거래량 22조 중 7조 이상이 디센트럴랜드 거래였습니다. 무려 전체 거래량의 1/3이 하나에 몰린 것이니 기록적인 일이었지요. 장기적으로 보는 경우 메타버스 프로젝트에 대한 기대로 거래량이 상승했다고 할 수 있지만, 단기적으로는 펌핑과 덤핑을 노리는 이들의 개입 때문으로도 볼 수 있습니다. 특히 게임 가상화폐와 밈 가상화폐가 이런 단타 세력의 놀이터가 되는 경우가 많습니다. 그러니 더더욱 주의와 단호함이 필요한 종목이라고 할 수 있지요. 하루 만에 100%가 올랐다면 하루아침에 100%가 떨어질 수도 있음을 꼭 기억해야 합니다.

사실 투기 시장에서 느끼는 흥분과 공포는 말이나 글

로 표현하기 어려울 정도로 상상을 초월합니다. 내가 투자한 100만 원이 하루 만에 몇 배가 되기도 하고, 반대로 1/5, 1/10로 폭락하기도 합니다. 그때 느끼는 흥분과 스트레스는 일상에서는 쉽게 느낄 수 없는 엄청난 감정입니다. 넷플릭스 화제작 〈오징어 게임〉을 봤다면 이해하기 쉽습니다. 주인공 성기훈이 경마장에서 베팅한 말의 우승으로 환호하던 감정이 꼭 투기로 큰 이득을 봤을 때의 흥분과 비슷할 것입니다. 반대로 손해를 볼 때의 공포와 스트레스는 마치 남의 돈으로 도박을 하다가 모두 날렸을 때와 비슷하겠지요. 누구나 최고점에 팔고 다시 최저점에 살 수 있을 거라고 착각하면서 이런 투기장에 뛰어들지만, 결국 빈 깡통 같은 계좌만 남는 신세가 되겠지요. 혹은 충분한 수익에도 만족하지 못해 욕심의 덫에 빠지게 되거나요. 후회 또는 욕심에 빠져서 결국 말처럼 주변은 보지 못하고 그래프 점만 보며 달려들 겁니다. 스스로 경마장의 말이 되는 것도, 끝내 죽음의 오징어 게임에 빠져든다는 것도 모른 채 말입니다.

저 역시 이런 감정을 경험해봤기 때문에 투기를 지양하고 장기적인 투자를 위한 가치관과 습관을 만들고 있습니다.

아직도 시장의 폭등 앞에서는 늘 유혹과 싸우며 힘겹게 기준을 지켜내고 있습니다. 실제로 그래프 흐름을 분석하다가 '고민하던 그때라도 추격 매수를 했다면 많은 수익을 냈겠구나!' 싶어지는 상황도 종종 있습니다. 그러나 스스로 정한 원칙을 어기는 순간 투기 판으로 들어갈 것만 같아서, 자제한 저를 격려하며 잠들지요. 그럴 때면 평소에 잘 꾸지 않는 꿈을 꾸기도 합니다. 한번은 비행기를 타기 위해 공항에서 대기하는 꿈을 꿨습니다. 일행은 모두 출발했지만 저는 무슨 이유에서인지 탑승권이 발급되지 않아 혼자 공항에 남고 말았지요. 그러다가 가까스로 다른 창구를 통해서 입장해 한발 늦게 비행기에 탑승했습니다. 간신히 집에 도착해보니 어릴 때 살던 골목 많은 동네였습니다. 추억 많고 익숙한 동네가 반가우면서도, 너무 늦게 출발해서 맨 마지막에 도착했을까 봐 마음을 졸였습니다. 그런데 놀랍게도 제가 가장 먼저 도착했고 다른 사람들은 모두 도착하기 전이었지요. 그 사실을 아는 것과 동시에 깼습니다. 너무 생생한 꿈이라 계속 곱씹었습니다. 어쩌면 투기 판으로 몰려가는 사람들을 쫓지 않고 제가 가야 할 길을 찾아 집으로 돌아온다는 깨달음을 주는 것 같습니다.

다양한 가상화폐에 분산 투자하는 것도 괜찮은 방법이라고 봅니다. 가령 밈 가상화폐는 플랫폼 가상화폐와는 다른 관점, 즉 흥미와 재미로 가치를 판단할 수 있으니까요. 일상생활에 직접적으로 필요하거나 도움이 되지는 않지만, 엔터테인먼트나 콘텐츠 관점에서 보면 재미 역시 하나의 가치가 아니겠습니까? 게임 아이템이 몇천만 원씩 하는 MMORPG 게임도 기본적으로 사람들에게 재미를 준다는 면에서는 분명히 가치가 있지요.

생각의 차이가 있겠으나 저는 그렇게 느리지만 천천히 승률을 올리며 이기는 게임을 하겠다고 다짐했습니다. 당연히 오징어 게임의 말이 되어 죽음의 게임을 하는 것은 아닌지 돌아보며 투기와 투자를 구분하려는 부단한 노력도 필요할 것입니다. 그러면서 꾸준히 기부 활동을 하면서 저를 통해 재물이 흘러가도록 하는 훈련도 게을리하지 않도록 다짐해봅니다.

6

택배를 하는 진짜 이유

2019년, 매일 반복되는 배달 일을 하며 가장 어려웠던 것은 체력이나 육체적인 문제가 아니었습니다. 달걀로 바위를 치는 것만 같은 막막함이 더 힘들었습니다. 택배 일은 누구나 할 수 있는 단순한 일처럼 보이지만, 실제로는 아무나 가지기 힘든 인내력을 요구하는 일이라는 것을 몸소 깨달았습니다. 처음에는 분류도 서툴고 주소 읽기도 어려워 오배송 같은 실수가 잦았습니다. 짐칸에 택배를 잘못 쌓아서 운전 중에 무너지기도 했습니다. 그러면 물건을 찾기 어려워져서 고생했지요. 초보 택배 기사라면 누구나 겪는 과정이고 저도 예외는 아니었지요. 하지만 처음 하는 일이니 서툴고 실수할 수도 있다는 생각보다는 의구심과 좌절이 먼저 떠올랐습니다.

"과연 이 일로 재기할 수 있을까?"

"이제 영원히 IT 업계로 복귀할 수 없겠구나."

무엇보다도 직업에 귀천이 없다고 배우기는 했어도 누가 볼까 걱정하며 모자를 푹 눌러쓰고 배송하는 제 모습에 '자존감 상실'이라는 고상한 말로는 표현하기 힘든 감정이 느껴졌습니다. 매일 컴컴한 터널을 걷는 기분이었습니다. 그 터널에 끝이 있다는 확신이라도 있다면 희망을 품었겠지만, 매일 밤 막걸리에 취해 잠들고 새벽에 일어나 출근하고 과로에 시달리는 쳇바퀴 같은 삶에 그런 것은 없었습니다. 새벽에 일어나 트럭을 몰아 출근하고, 7시면 '윙~' 하는 컨베이어 벨트 가동음을 들으며 택배 분류를 시작하고, 짐칸에 빼곡하게 상자를 싣고, 트럭을 몰아 어제 갔던 그 골목을 또 가고, 택배를 문 앞까지 옮기고……. 그야말로 기계 부품이 된 듯한 기분이었습니다. 오늘도 그저 사고 없이 무사히 배송을 마치기만을 바라는 노동자의 삶에서 희망은 요원하기만 했지요.

처음에는 최소 물량으로 시작해 월 200만 원 정도를 벌었고, 이후 동료 기사들이 하나둘 그만두며 배정 구역이 넓어지면서 물량과 월급도 늘었습니다. 일에 익숙해지기는 했지만 그사이 사건 사고도 많았습니다. 골목을 지날 때나 주차 중에 일으킨 접촉 사고는 셀 수도 없고, 좁은 골목을 지나다가 건물 외벽에 달린 에어컨 실외기를 파손하기도 했습니다. 돌풍에 트럭 짐칸 문이 세게 젖혀지며 지나가던 자동차의 사이드미러를 친 적도 있고요. 고층 아파트의 엘리베이터가 고장 나는 경우도 잦습니다. 그럴 땐 끊임없이 이어지는 계단을 올라가거나, 옥상이 연결된 옆 동 엘리베이터로 옥상까지 갔다가 꼭대기부터 거꾸로 내려오며 배송했습니다.

오배송 사건 사고도 있습니다. 아기 치즈를 잘못 배송한 적이 있는데, 잘못 간 집에 찾아가 사정을 이야기했더니 그런 건 본 적도 없다는 겁니다. 분명히 그 집으로 배송한 기억이 있어서 이상했지요. 결국 CCTV로 그 사람이 택배를 가져간 것을 확인하고 나서야 술안주로 먹었다고 실토하더군요. 20kg짜리 쌀 10가마를 다른 동으로 잘못 배송해서 쌀 200kg을 다시 옮긴 적도 있습니다. 반대로 고객이 주소를 잘못 작성하기도 하는데, 명절 선물로 값비싼 일명 '명품 김치'를 보낸 고객이 주소를 잘못 작성해서 주민끼리 다툼이 일어나기도 했습니다. 20kg이 넘는 절임 배추 5박스를 기재된 주소로 배송하고 나서야 "그 주소가 아닌데 잘못 썼네요." 해서 다시 짊어지고 배송해준 일도 있었습니다.

이렇게 말 많고 탈도 많았던 택배 배송 일을 그만둔 2020년에는 반찬 새벽 배송 대리점주 일과 집하 일을 시작했습니다. 주 6일을 새벽 5시부터 인천 전 지역을 돌았으니 매일 평균 100km 이상을 주행한 셈입니다. 그 덕에 인천의 거의 모든 동네를 방문해봤습니다. 이때는 오배송보다 차나 운전으로 인한 사건이 더 많았습니다. 그해 10월의 어느 주말에 지방으로 용달 일을 하러 갔다 오느라 피곤이 쌓인 탓에 다음 날 새벽 배송 중 졸음운전으로 자동차를 지하 차도 벽에 들이받는 대형 사고를 냈습니다. 코너 벽에 부딪힌 차 우측면은 문도 열리지 않을 정도로 금이 갔지요. 천만다행으로 새벽이라 도로에 차가 없어서 연쇄 사고로 이어지지 않았습니다. 가까스로 도로 옆에 차를 세우고 길바닥에 앉아서 망연자실하던 순간이 생생하게 떠오릅니다. 반찬 배송을 마저 하기 위해서 긴급 출동 서비스를 부르지 않고 터진 타이어만 직접 스페어타이어로 교체한 다음 사고 난 자동차를 운전해서 배송을 마무리했습니다. 자동차 사고보다 배송 지연으로 고객 불만이 생기는 게 훨씬 더 무서웠거든요. 인천 전 지역을 관리하는 점주로서 책임감이 막중했습니다.

다사다난한 1년이었습니다. 그사이 매일 새벽에 떠오르는 태양을 보며 저는 조금씩 변화했습니다. 캄캄한 밤에 서서히 동이 트고 떠오르는 붉은 아침 해를 보면서 감탄하고, 반찬을 주문한 고객에게 감사하며 누군가의 아침 식사를 배송한다는 의무감까지 생겼습니다. 새벽 배송 업무가 일상화되고 나서는 여유도 생겼습니다. 인천시를 한 바퀴 돌아 마지막 영종도까지 배송을 마치면 인천대교로 시원하게 바다를 가로지를 수 있었습니다. 그 멋진 바다 풍경과 바다를 비추고 있는 태양의 모습을 몇 안 되는 팔로워들에게 공유하면서 즐거운 퇴근길이자 부캐로의 출근길을 기록으로 남겼지요. 종종 외국에 있는 지인들도 그 사진을 보고 연락해 안부를 묻곤 했습니다. 그렇게 외국의 지인들과도 소중한 인연이 이어졌고, 그중 한 지인 덕에 IT 업계로 복귀할 수 있었습니다. 아내가 소식을 듣고 눈물을 흘리며 감사해하던 기억이 생생합니다. 영원히 IT 업계로 복귀할 수 없을 거라며 절망하던 때도 있었지만, 더듬더듬 터널 끝으로 나오기를 포기하지 않으니 이렇게 멋지게 복귀해냈습니다.

그리고 몇 년 전에는 게임 스타트업 투자 지분을 처분하며 시드 머니가 생겼고, 동학개미 운동에 참여한 것을 시작으로 지금은 어엿한 투자자가 됐습니다. 대단한 전문가라고 하기는 어렵지만, 지금까지 공부하고 배우며 중단 없이 투자 일을 해오고 있으니 투자자라고 해도 어색하지 않으리라 생각합니다. 그래서 용달 일로 현금 흐름을 만들려는 노력도 했지요. 매달 나가는 카드값을 막기 위해 돈을 버는 게 아니라, 투자해서 자산을 늘리기 위한 현금을 만든다는 목표도 세웠고요. 용달 일로 현금을 벌면 즉시 가상화폐나 주식에 투자했습니다. 그리고 지출 날에 필요한 만큼만 자산을 처분하는 방식으로 조금씩 자산 포트폴리오를 만들었지요.

그렇게 투자를 일상화하고 투자자의 관점으로 세상을 바라보니 일상이 더 행복해졌습니다. 더 큰 가치 소비를 위해 더 기쁜 마음으로 일에 임하게 됐지요. 버려진 상자도 현금이 될 수 있고 그 현금은 가상화폐가 되어 디지털 세상에서 더 큰 가치로 불어날 수 있습니다. 마치 MMORPG 게임에서 자원을 채취해 무기를 사서 강화하고 비싸게 파는 것과 유사합니다. 주의를 기울이지 않고 무시하던 길 위의 폐지도 전투 보상처럼 느껴지듯, 일상생활을 하며 의식하지 않고 지나쳤던 순간순간에서도 가치와 의미를 느끼게 됐습니다.

일상의 사소한 순간마저 행복하게 살아가니, 과거의 위치와 영광을 그리워하며 그때로 돌아가려 했던 제 모습을 다시 생각하게 됩니다. 어쩌면 자기 연민일지도 모르지요. 이제는 화려하게 살던 과거의 저보다 택배 기사라는 '부캐'를 가진 지금의 저에게 더 정감이 갑니다. 매일 커피를 집하하고, 고객의 물건을 옮기며 '행복을 배송하는 일'에 기쁨을 느끼게 되었습니다. 배달하다가 보면 뜻밖에 문 앞에 놓인 간식과 손글씨 쪽지를 보기도 합니다. 그럴 땐 아직 우리 사회에 온정이 남아 있다는 것에 따뜻함을 느낍니다.

언젠가 집하를 마치고 늦은 밤 11시에 중고거래한 책장을 옮겨주는 일을 한 적이 있습니다. 그때 고객이 밤늦게 죄송하고 감사하다며 컵밥을 주었지요. 그런 만남이 돈으로 따질 수 없는 진정한 행복이겠지요. 고철이나 폐지를 수거해서 폐자원 센터에 팔러 갈 때면 맛볼 수 있는 사장님의 특제 스

틱 커피가 어떤 바리스타가 내려주는 풍미 있는 에스프레소
보다 맛있다는 게 믿기시나요?

언젠가 작은아들이 아빠는 왜 계속 택배 일을 하느냐고
물은 적이 있습니다. 매일 행복을 배송하는 일이 즐겁고 재미
있기 때문이라고 답해주었습니다.

행복한
택배 기사

사회적으로 높은 지위에서 "나는 성공했다!"라고 생각하던 예전보다, 배움을 이어가면서 몸을 움직이는 일까지 하는 지금이 더 행복하다. 새벽의 일출은 뜨겁게 타오르며 하루를 살아갈 힘과 열정을 준다. 저녁의 일몰은 부드럽게 세상을 물들이며 하루를 마무리할 차분한 시간을 선사한다. 태양이 뜨고 지는 모습은 매일 볼 수 있지만 늘 아름답다. 일상적으로 이런 아름다운 모습을 볼 수 있음에 감사한다. 기다리던 택배를 받은 사람들의 미소도 뜨고 지는 아름다운 태양과 비슷하다는 것을 나는 봐서 안다. 그 모습을 떠올리면 나도 덩달아 행복해지고, 태양을 볼 때처럼 일상을 살아갈 원동력이 생긴다. 나는 그냥 택배 기사가 아니다. 행복을 배송하러 인천을 누비는 행복한 택배 기사다.

1

인천 최고(高)의 사무실에 있는 택배 기사

송도의 포스코타워는 인천에서 가장 높은 건물이자 랜드마크입니다. 지상 68층인데, 2011년 완공 당시에는 대한민국에서 가장 높은 마천루였지만 지금은 잠실 롯데월드타워와 부산 엘시티의 세 개 건물 그리고 여의도 파크원 다음으로 높은 건물입니다.

포스코타워의 26층에는 '스테이지나인'이라는 공유 사무실이 있습니다. 저는 2022년 10월에 스테이지나인으로 사무실을 이전했습니다. 그전에 있던 사무실도 매우 훌륭했지만 4인실이라 저 혼자 사용하기에는 너무 컸거든요. 새롭게 옮긴 사무실은 2인실로, 혼자 사용하기에도 적합하고 센트럴

파크가 내려다보이는 멋진 뷰까지 갖춘 아주 훌륭한 공간입니다. 사실 제가 임대한 사무실은 위치는 좋지만 대회의실 옆이라 회의 소리가 흘러들어서 그간 비어 있던 곳입니다. 다행히 오전에 온라인으로 회의하고 그 외에는 헤드폰을 끼고 보고서를 작성하는 저에게는 그게 단점으로 다가오지 않았지요. 오히려 남들이 꺼리는 단점 덕에 최적의 조건으로 최고의 사무실을 얻을 수 있었습니다.

스테이지나인은 공간 제공 말고도 다른 좋은 서비스를 제공합니다. 오전 9시와 오후 1시에는 바리스타가 직접 내려 주는 커피를 골라 마실 수 있고, 최신 안마 의자와 샤워실까지 쓸 수 있습니다. 휴식 공간도 사용할 수 있고요. 서울 곳곳에 지점이 있어서 오프라인 회의나 업무 미팅 공간을 찾을 때도 아주 유용합니다.

골목과 주택가를 누비던 택배 기사가 인천에서 가장 높은 랜드마크에 사무실을 두고 있다니, 놀라운 일이지요. 불과 몇 년 전만 해도 상상할 수 없었던 일입니다. 무엇보다 사무실에 혼자 앉아 창밖 풍경을 바라보고 있자면 한때 블록체인 게임 안에서 건물주가 되는 꿈을 꾸던 시절이 떠오릅니다. 그때의 꿈을 조금이나마 이룬 듯한 기분도 들고요. 높은 곳에서 아래를 내려다보고 있으면 앞서 말한 네부카드네자르 왕의 이야기도 생각납니다. 택배 기사로 살아온 지난 몇 년의 시간이 주마등처럼 지나가면서 웃음이 나오기도 합니다.

저는 택배 일에 잘 적응했지만 가족들은 어떨지 사실 아직도 잘 모르겠습니다. 택배 기사가 되겠다고 했을 때 가족들은 의아해하면서도 저를 말리지는 않았습니다. 아마 "잠깐 하다가 그만두겠지." 하고 생각했겠지요. 평생 화이트칼라였던 제가 정반대의 블루칼라가 되겠다고 하니까요. 택배 기사는 아무래도 사회적으로 지위가 낮은 직업이라는 인식이 있다 보니 어쩌면 창피했을지도 모릅니다.

직업에 귀천이 없다지만 직접 택배 기사로 일하며 씁쓸한 일을 종종 겪었습니다. 많은 사람이 택배 기사에게 어떤 편견이 있는지 알 수밖에 없더군요. 그러나 매일 아파트 계단을 오르면서 몸과 마음이 저절로 단련되어 건강을 회복하는 경험을 한 것은 물론, 고객들의 미소까지 봐온 저는 택배 기사의 가치를 알고 있습니다. 그런 마음이 원동력이 되어 더 열심히 일할 수 있었지요. 새로운 직업도 찾아다니고, 스스로

1. 인천 최고(高)의 사무실에 있는 택배 기사
●

사업장을 개척하기도 하고, 배우며 공부하는 데도 힘을 쏟았습니다. 바쁘게 살며 짬이 나면 오디오북과 뉴스, 유튜브 강의를 들었습니다.

돌이켜보면 성인이 된 뒤로는 회사 업무나 사람과의 교류에만 시간을 쓰고 정작 지식을 쌓고 활용해서 새로운 일을 하는 데는 너무 소홀했던 것 같습니다. 오디오북으로 책을 듣다 보니 이런 생각이 들더군요.

"예전의 나는 스스로 어디쯤 와 있고, 실력이 어느 정도인지 제대로 모른 채 자의식만 높아졌던 게 아닐까?"

높은 지위까지 올라서 세계 최고의 인재들과 교류했으니 자기 객관화에 실패한 거라는 생각이 들었습니다. 외면뿐 아니라 내면도 그 지위에 어울리게 갖췄어야 했는데 표면만 그럴싸하게 가꿨으니 그 차이에서 괴리감을 느낀 겁니다. 스타트업 실패로 그 괴리감이 극대화되자 그제야 스스로 쌓은 것도 아는 것도 너무나 적다는 것을 안 것이지요. 제가 가진 자만심을 깨쳐준 게 오디오북이라고 생각하니 더욱더 애정이 갑니다. 괴로움의 근원이 자꾸만 과거를 좇는 자만심에 있다는 것을 일깨워주고, 겸손하게 배움을 추구하는 태도로 일상에 감사할 줄 아는 행복한 택배 기사의 삶을 선물해준 오디오북이 지금의 저를 상징하는 게 아닐까 싶습니다. 송도를 상징하는 랜드마크가 포스코타워인 것처럼요.

열심히 살다 보니, 인천의 골목을 힘겹게 누비던 초보 택배 기사는 어느새 송도의 랜드마크에 사무실을 두고 있네요. 창밖을 내다보고 있자면 이렇게까지 생각이 많아집니다. 이런저런 생각을 하다 보면 택배 집하를 하러 갈 시간이 됩니다. 스마트밸리로 이동하며 더욱 자신을 낮추는 자가 되어야겠다고 다짐합니다.

포스코타워 사무실에서 바라본 풍경

2

카이로스의 시간

현대 사회에서 인터넷과 연결이 끊어지는 경우는 많지 않습니다. 연결망 장애가 생기거나 엘리베이터 또는 비행기에 탈 때처럼 어쩔 수 없는 상황이 와야만 인터넷과 떨어질 수 있습니다. 그중 비행기를 타는 경우가 가장 오래 떨어져 있는 시간이겠지요. 기술의 발달로 인터넷이 가능한 비행기에 타더라도 저는 연결을 끊은 채 시간을 보낼 것 같습니다. 인터넷이 없는 그 시간이 가장 불편하면서도 자유로운 시간이니까요.

2022년 7월에 인천에서 샌프란시스코까지 가는 비행기를 타며 10시간도 넘는 시간을 인터넷 없이 보냈는데, 차분하게 내면을 살펴보고 생각을 정리할 수 있는 소중한 시간이었습니다. 경기창조경제혁신센터 프로그램으로 창업자들을 인솔해 2016년 1월에 실리콘밸리에 갔던 후로 6년 하고도 반년 만의 실리콘밸리 출장이었습니다. 코로나 팬데믹으로 여행도 출장도 자유롭지 않은 시기를 지난 뒤라 그 비행기의 모든 승객에게 특별한 여정이었겠지만, 저에게는 더욱더 감회가 새롭고 감사한 여정이었습니다. 모든 것이 회복돼서 건강한 몸과 마음으로 비행기에 오를 수 있었으니까요.

출장이라고는 해도 한국지사장으로서 보고를 하거나 고객사와 영업 미팅을 하는 건 아니었고, 업무 부담감이 없어서 마음도 더 가벼웠습니다. 아고라 본사의 전사 미팅에 참가하러 가는 길이었지요. 지난 1년 반 동안 함께 일하면서도 한번도 보지 못한 동료들을 만난다는 기대감도 컸습니다. 온라인으로만 소통하던 동료들과 직접 만나 얼굴을 맞대고 대화하니 꼭 퍼즐을 맞추는 것 같았습니다. 영상 통화와 이메일로는 알 수 없었던 고유한 분위기와 성격, 매력까지 모두 전해졌지요. 온라인으로 보고 짐작했던 것과 완전히 다른 동료를 볼 때면 예상이 깨지는 재미도 있었습니다. 특히 그간 업무보고를 하며 소통한 팀장님은 딱딱하고 철저한 사람 같았는데, 사적으로 만나니 짐작한 것보다 유쾌하고 엉뚱해서 후배를 대할 때만큼이나 편했습니다. 작은 체구에서 카리스마를 내뿜는 공동 대표님도 인상 깊었습니다.

회사 일정을 마친 뒤에는 실리콘밸리의 핵심 인사들을 만났습니다. 친분 있는 벤처캐피털리스트와 창업자들을 만나 업계 복귀 소식도 알리고, 그간의 일들도 주고받으며 다시금 인맥을 다졌습니다. 실리콘밸리 최고의 부촌 지역인 로스 앨터스Los Altos의 랜초 샌안토니오 보호지Rancho San Antonio Preserve에서 하이킹도 했습니다. LA에서 반찬 배송 스타트업을 시작한 창업자와 함께 그의 딸이 나오는 풋살 경기도 관람하고, 힘들었던 경험도 나눴습니다. 사회적으로 성공한 유명 인사들도 크고 작은 어려움을 겪으며 살아간다는 점은 보통 사람들과 다르지 않았습니다. 유명 벤처 투자자 부부와 하이킹을 할 때는 아시아계 미국인 차별과 인권 문제, 막대한 예산을 들여도 악화하는 샌프란시스코의 노숙자와 마약 중독자 문제에 대해 흥미로운 대화를 나눌 수 있었지요. 다양한 사람을 만나 소통하는 게 얼마나 제 식견을 넓혀주는지 실감했습니다.

랜초 샌안토니오 보호지

모든 일이 완벽했다면 좋으련만, 출국하는 날 문제가 생기고야 말았습니다. 당시 규정상 탑승 전에 코로나 음성 확인서를 제출해야 했는데 제가 그 사실을 모르고 그냥 공항에 간 것입니다. 당연히 탑승 거부로 그날 출국하지 못했지요. 다행히 지인 집에서 하룻밤 신세를 질 수 있었습니다. 온누리교회의 집사님이었지요. 그러면서 아주 오랜만에 주일 예배에 참석해 몇 년간 못 본 지인들을 여럿 만났으니 오히려 잘된 일이라고 생각합니다. 뜻하지 않게 출국이 지연됐지만, 그 덕에 미국 출장에서 겪은 어떤 만남보다 뜨겁고 기쁜 재회를 할 수 있었으니까요. 이렇게 말하고 나니 제 인생은 정말 의외의 사건이 계속되어 새로운 길을 열어주고 있네요. 그리고 예기치 못한 길의 끝은 늘 꽤 괜찮았던 것 같습니다.

그 주일 예배에서 들은 설교 중에는 시간에 관한 내용도 있었습니다. 시간은 '크로노스의 시간'과 '카이로스의 시간'으로 나뉘는데, 크로노스는 그리스 로마 신화 속 시간의 신이고 카이로스는 기회의 신입니다. 그런데 카이로스라는 단어에는 신의 이름 말고 '기회'와 '특별한 시간'이라는 의미도 있습니다. 크로노스의 시간이 자연스럽게 흘러가는 시간이라면 카이로스의 시간은 영원히 남는 특별한 시간입니다. 모두가 기억에 남는 특별한 카이로스의 시간이 있을 겁니다. 저에게는 실리콘밸리의 해 질 녘이 아닐까 싶습니다.

30대 중반을 보낸 실리콘밸리의 하늘과 땅은 다시 돌아왔을 때도 전과 똑같았습니다. 출퇴근길에 매일 지나간 280N 고속도로도 변함이 없었고요. 280N 고속도로를 시속 100km로 질주하며 바라본 석양의 장관은 제 머릿속에 선명히 남아 있습니다. 꿈 같은 시간이었고, 꼭 시간이 멈춘 것만 같은 순간이었지요. 실리콘밸리에 다시는 돌아오지 못할 거라 생각했던 저에게는 그 시간이 바로 영원히 제 기억에 남을 특별한 카이로스의 시간입니다.

돌아갈 수 없는 기억 속 특별한 순간을 괴로워하지 않고 떠올릴 수 있다는 건 얼마나 행복한 일일까요? 그 특별한 순간보다 현재가 더 행복하고 만족스럽다는 의미니까요. 저는 우여곡절 끝에 그런 마음으로 저만의 카이로스의 시간을 되새길 수 있게 됐습니다. 훗날에는 지금이 카이로스의 시간으로 여겨지며, 더 행복하고 충만한 삶을 살고 있기를 욕심내봅니다.

280N 고속도로에서 바라본 석양

3

몸과 마음을 치유하는 방법

관심 있는 것이 눈에 더 잘 띄기 마련입니다. 택배 일을 시작한 후로 그전까지는 신경 쓰이지 않던 도로 위 트럭들을 눈여겨보게 됐습니다. 클래식카 갤로퍼를 타기 시작한 뒤로는 튜닝한 갤로퍼가 자꾸만 보이기 시작했습니다. 그리고 우울증으로 힘든 시간을 보낼 땐 주위에 정신건강의학과의원이 얼마나 많은지 깨달았습니다.

저는 전문의와 상담하는 30분가량의 시간에 일상과 생각을 터놓으며 치료도 받고 약도 받았습니다. 한 군데서 꾸준히 받은 것이 아니라 여러 군데를 돌아다니며 꽤 오랫동안 상담 치료를 받았습니다. 처음에는 집에서 가장 가까운 곳을 방문했고, 그다음에는 지인들의 추천을 받아 신촌에 있는 병원부터 온갖 유명한 곳은 다 찾아갔습니다. 연예인들이 자주 온다는 정신분석 클리닉은 물론 우울증을 치료한다는 한의원에도 갔습니다. 병원마다, 원장님마다 성격도 다르고 상담하는 방식도 달랐습니다. 가장 기억에 남는 곳은 특이하게도 한의원입니다. 불면증과 불안증이 극심할 때 방문한 곳인데, 한의원답게 진맥부터 시작했습니다.

"몸에 열이 너무 많고 상태가 위험하네요. 침부터 놓겠습니다."

신기하게도 침을 맞으니 그렇게 오지 않던 잠이 쏟아져서 오랜만에 깊은 잠을 잘 수 있었습니다. 원장님은 저를 원장실로 따로 불러 손수 차를 대접했는데, 그때 들은 말이 기억에 오래 남았습니다.

"지금 필요한 건 절대 안정이에요. 저도 한의사가 되기 전에 참 힘들었는데 그래도 이렇게 극복하고 의사 생활을 하고 있어요. 어떤 마음일지 아니까 힘내라는 말은 못 하겠지만 그래도 가장이니 힘들어도 어떻게든 버텨야 해요."

정신분석 클리닉에서는 제 이야기부터 한 다음 상담을

통해 과거의 부정적인 생각을 수정하는 방법으로 치료가 진행됐습니다. 사람에 따라 상태에 따라 그 방법이 잘 맞기도 할 텐데, 당시의 저에게는 그 치료 시간 자체가 상당히 견디기 어려웠습니다. 30분이라는 짧은 시간에 성격부터 성장 환경, 처했던 상황과 거기에 엮인 여러 문제와 감정을 모두 설명하는 것이 버거웠습니다. 블록체인이며 초기발행, 가상화폐 같은 단어도 풀어 설명하면서 기밀을 지키는 것도 신경 써야 했고, 경영진과의 갈등에서 느낀 감정을 그대로 표현하는 것도 힘겨웠습니다. 무엇보다 후회와 자책에 빠져 점점 우울의 구렁텅이로 가라앉은 순간을 떠올리는 게 너무도 고통스러웠습니다. 그 순간이 얼마나 괴로운지는 같은 경험을 해본 사람만 알겠지요. 사고로 목숨을 잃은 희생자의 유가족이 외상 후 스트레스 장애로 상담을 받을 때, 그날의 기억을 끄집어내는 게 가장 고통스러웠다고 말하는 걸 들은 적이 있습니다. 돌아보면 저도 그와 비슷했던 것 같습니다.

　하루아침에 택배 기사가 되어 골목에 세워둔 트럭에서 김밥으로 점심을 때우고, 무거운 생수통을 지고 5층 계단을 오르는 현실 역시 그보다 덜 괴롭지는 않았습니다. 처음에는 너무 부끄러웠습니다. 누가 알아볼까 봐 불안하기도 했고요. 그러나 조금이라도 딴생각을 하면 실수로 이어져 오배송이나 분실, 운전 사고로 연결됐기에 일하는 동안은 우울해할 시간조차 없었습니다. 그저 하루하루 사고 없이 배달을 마치기를 간절히 바랄 뿐이었지요. 신기하게도 시간이 지나면서 달라졌습니다. 몸을 쓰니 육체가 먼저 회복되고, 그만큼 일할 때 숨이 덜 차고 덜 지치니 마음도 편해졌습니다. 후회되는 기억을 떠올리기보다 현재에 집중하게 됐고요. 그러면서 미래를 준비하는 시도도 시작했습니다. 과거에 대한 집착을 버리고 하루하루에 집중하며 일상에 감사하게 된 것입니다.

모든 것을 극복한 다음에 하는 말이니 배부른 소리일지도 모르겠지만, 가끔은 인천과 서울을 오가며 치료를 받은 시간과 거기에 들인 수백만 원의 돈이 그만한 가치가 있었을까 고민하기도 합니다. 우울증을 극복하고 재기하는 데 좋은 영향을 준 것은 확실합니다. 다만 다시 돌아가도 상담 치료를 받을 것인가 하면 그렇다고 확실히 답하기 어렵습니다. 그 돈으로 갤로퍼 한 대를 장만해서 마음 맞는 친구들과 전국을 다니며 캠핑을 했다면 어땠을까 하는 생각도 듭니다. 저 같은 사람에게는 그게 더 좋았을지도 모르겠습니다.

저는 불안할 때 과거를 돌아보면 자기 연민과 혐오에 빠지기 일쑤고, 해야만 하는 일이나 타인에게 집중할 때 조금씩 불안이 사라지는 사람입니다. 그리고 불안이 사라질 때 몸까지 건강해지면 그때 정신도 서서히 치유되는 그런 사람인 것 같습니다. 제가 이런 사람이라는 걸 미리 알았다면 어땠을까 하고 가끔 생각해봅니다.

약간의 치부를 공개하자면 실리콘밸리에서 일하던 30대 초반에 저는 탈모를 겪었습니다. 클리닉도 다녀보고 약도 처방받고 탈모 방지 샴푸도 써봤지만 별 도움이 되지 않았습니다. 그러다가 모자를 눌러쓰고 몸을 움직이며 무거운 택배를 나르느라 외모에 신경을 쓸 겨를이 없어졌습니다. 더불어 매일 새벽 출근 전에 잠든 아내와 아이들을 보면서 하루하루 가족을 위해 밥벌이하는 것에만 집중하자 남들이 저를 어떻게 생각하는지는 전혀 중요하지 않게 되었습니다. 신기하게도 그때 모발이 건강해지기 시작했습니다. 스트레스의 원인을 자꾸만 신경 쓰고 떠올리는 게 증세를 악화시켰고, 자의든 타의든 그 원인 말고 다른 곳에 주의를 기울이며 저절로 원인이

해결된 것입니다. 마찬가지로 일과 현재에 집중하게 되니 어느새 제가 우울했다는 것을 잊어버리게 되었습니다. 과거보다 현재가, 그리고 미래가 중요해졌습니다. 그래서 과거를 되새기며 괴로워하는 대신 현재를 위해 살고 미래를 준비했지요. 그 과정에서 새로운 일도 찾고 투자도 시작한 것입니다. 지금 당장 가장 중요한 문제인 생계를 해결하기 위해 수입을 늘릴 일을 찾다가 반찬기업의 인천대리점 점주도 되고 집하 사업도 하게 됐습니다. 현재와 생계가 안정을 찾으니 미래를 떠올리게 돼서 경제적 자유를 누리고자 투자도 도전했고요.

과거보다 현재에 집중한 결과 지금의 제가 되었습니다. 어엿한 N잡러에, 일상의 소중함을 찾을 줄 아는 행복한 택배 기사 말입니다.

4

좁은 길 강연

2014년 한국으로 귀국하고 제가 어떤 일을 했는지 정리할 생각으로 블로그를 시작했습니다. 그때 이미 세상과의 소통이 시작된 것이었지요. 처음 다룬 주제는 '피처폰에서 스마트폰으로 플랫폼이 전환하던 시기에 한국의 모바일 게임회사가 어떻게 발전했는가?'였습니다. 당시 한국 게임사들은 미국지사도 세우고 애플 앱스토어에 빠르게 진출했는데, 거기에 어떤 요인이 작용했는지도 분석했습니다. 이미 검증된 PC게임을 신속하게 스마트폰 환경에 재구성한 능력 덕이 크지요. 그리고 경쟁이 덜 치열한 게임 장르를 선택해서 소수의 팬에게 집중한 전략도 훌륭했습니다. 플랫폼회사들과 긴밀한 파트너십을 맺고 현지 마케팅과 홍보도 잘 활용하고, 현지 벤처캐피털도 적절히 이용해서 비즈니스 네트워크도 확보했고요.

글 소통 다음은 음성 소통이었습니다. 앵커인 처남의 소개로 IT 전문 팟캐스트에 나가게 된 것입니다. 그때 블로그 이야기도 했는데 청취자들의 반응이 꽤 괜찮았습니다. 대중을 상대로 한 저의 첫 대외 활동이었습니다. 처음이라 긴장하거나 실수할 수도 있었는데, 얼굴까지 나오는 방송이 아니라 음성 기반의 팟캐스트인 점과 라이브가 아닌 사전 녹음이라는 점에서 탁월한 선택이었습니다.

그다음은 얼굴까지 보여주고 실시간으로 진행해야 하는 강연이었습니다. 스타트업 네트워킹 모임에서 '한국 스타트업의 글로벌 진출'을 주제로 강연한 게 시작이었지요. 그 일을 계기로 경기창조경제혁신센터에 들어가서 스타트업 액셀러레이팅 프로그램을 기획하고 운영했고, 그러면서 종종 강연하며 스타트업 종사자들과 소통했지요. 처음에는 공개적인 자리에서 제 경험을 나누고 특강을 하는 게 부담스러웠습니다. 그래도 저처럼 남들이 가지 않는 '좁은 길'을 선택한 사람들에게 격려와 용기를 전해주는 데 보람을 느끼게 됐습니다.

특히 스타트업 창업자들을 보면 그랬습니다. 대학생부터 업계 최고 경력을 가진 인사들까지 다양한 사람들이 창업을 위해 고군분투하는 모습을 보며 조금이나마 보탬이 되고 싶었습니다.

경기창조경제혁신센터에서 퇴사하고 게임 스타트업에서 쓴 실패를 맛본 뒤에는 이런 생각이 위축됐습니다만 다행히 소통에는 여러 방법이 있었습니다. 블로그를 통한 글 소통도 있고, SNS 라이브로 소수와 소통하는 방법도 저에게 적절했습니다. 한동안 강연은 제 길이 아니라고 생각했습니다. 강연할 기회도 없었고요. 그러다 전 직장 동료의 소개로 한 중학교 창업 동아리에서 특강을 하게 됐습니다.

"모두가 가는 편하고 넓은 길이 아닌 좁은 길을 간 인생과 그 속에서 했던 선택을 이야기하면 되니까 어려울 건 없을 거예요."

제안을 받고 처음에는 고민이 많았습니다. 이런 강연은 무릇 기승전결의 흐름을 거쳐 "실패를 딛고 지금은 성공했다!"로 끝나기 마련입니다. 그런데 지금의 저는 성공이고 과거의 저는 실패라고 친다면, 제가 걸어온 '좁은 길'들이 실패의 길로 치부될 것 같았습니다. 쉽게 접할 수 없는 진로의 방향을 제시해야 하는 진로 특강에서 택배 기사라는 평범한 직업을 주제로 삼을 수도 없는 노릇이고요. 그리고 저는 스타트업에서 프로젝트를 기획해본 적은 있으나 직접 창업해본 경험은 없습니다. 그런 사람이 창업 동아리 학생들에게 강연이라니, 어불성설이란 생각에 처음에는 거절했습니다. 하지만 동료는 포기하지 않았습니다.

"꼭 창업자일 필요는 없어요. 다양한 진로의 길을 소개하는 취지로 학생들을 만나주면 됩니다."

거듭된 설득으로 용기를 내서 강연을 준비했습니다. 시간 관계상 많은 경험을 나눌 수는 없었지만 제 인생을 풀어내는 경험은 상당히 즐거웠습니다. 먼저 대학생 시절에 영국 모바일 게임회사의 1인지사를 맡게 된 것부터 글로벌 대기업 입사와 중소기업으로의 이직, 그 과정에서 만난 인생의 멘토 강영우 박사님 이야기를 나눴습니다. 미국지사 파견과 지사 철수 위기, 갑작스러운 피인수 합병도 빼놓지 않았습니다. 제 삶의 방향을 바꿔준 팔레스타인 방문과 스타트업 세계로의 입문, 예상치 못한 한국 귀국 후 창조경제혁신센터에서 일하게 된 경험도 풀었지요. 그 당시의 힘든 마음은 순화했지만 스타트업 퇴사 후 택배 기사가 되어 코로나 시기를 지난 과정도 솔직하게 말했습니다. 글로벌 테크기업의 한국 지사장으로 재기한 일로 제 이야기를 마무리했습니다. 슬쩍 살펴보니 학생들은 물론 저를 초대한 동료도 흥미롭게 제 이야기에 집중하고 있더군요.

더는 공적인 자리에서 이런 이야기를 나눌 기회가 없을 줄 알았는데 제 삶과 마음을 풀어내며 소통하고 나니 큰 위로를 느꼈습니다. 좁은 길을 선택해 걸어온 제 짧은 인생을 돌아보며, 고난의 길을 통과하면서 내면이 더욱 단단해졌음을 알았지요. 그리고 여러 경험을 되짚고 다시 살피고 나자 앞으로 가야 할 길이 더욱 명확해졌습니다. 학생들도 즐거운 시간이었다고 감사를 전해줬는데 저에게도 좋은 회복의 시간이었습니다. 덕분에 얼굴을 맞대고 현장에서 하는 강연 소통의 가치를 다시 떠올렸으니까요.

그래서 지금도 계속해서 세상과 소통하고 있습니다. 블로그 글과 SNS 라이브, 그리고 강연으로도요.

5

세상과 소통하는 이유

우여곡절 많은 삶을 살며 참 다양한 사람들을 만났습니다. 스타트업 업계에서는 꿈과 열정 가득한 사람들을 만났고, 투자를 시작하고 나서는 코인에 눈이 먼 투기꾼도 볼 수 있었습니다. 혁신적인 기술을 통해 스스로 가치를 증명하려는 블록체인 스타트업과 일확천금을 꿈꾸는 투기꾼들은 현실과 이상 사이의 괴리를 극복하려 한다는 점에서는 통하는 것 같기도 했습니다. 눈에 보이는 가치가 오를 때는 열렬히 사랑하지만 끝내 가치와 원수가 되는 과정을 겪지요. 그 모습에서 인간이라면 누구나 가지고 있는 지적 교만과 탐심이 극대화되면 어떻게 되는지 깨달았습니다.

세상에 교만과 탐욕이 극대화된 사람도 있다면 반대로 인정이 넘치는 사람들도 있지요. 택배 기사가 하고 싶다고 무작정 찾아간 인천 택배 터미널에서 만난 센터장님부터 전화 한 통에 도움을 주신 점장님은 따뜻하고 마음 넓은 사람의 표본이 아닐까요? 택배 일을 하며 만난 동료와 고객들도 따뜻한 분이 많았습니다. 어느 대리점 사장님은 택배 수입이 적을 텐데 괜찮냐며 기꺼이 도움을 주겠다고 했지요. 가전제품 수리업체 사장님은 제가 트럭에서 통화로 회의하는 모습을 보고 영어 강의를 듣고 있다고 생각했는지 "영어 공부 열심히 하시네요." 하고 격려해주기도 했습니다. 집하 사업을 막 시작할 때 기꺼이 고객사가 되어주고 제 몫의 에스프레소 커피도 챙겨주는 '소블링' 대표님도 있습니다. 모두 저에게 세상과 소통할 용기를 준 소중한 사람들입니다.

다시 일어설 수 있었던 것은 택배 일, 저절로 회복된 제 몸과 마음, 그리고 고난을 이겨낸 제 덕이기도 합니다. 하지만 격려와 위로를 준 주변 사람들의 도움이 없었다면 불가능했겠지요. 소통은 다양한 사람들을 만나 여러 경험을 하는 방법이면서 용기와 힘을 얻는 방법이기도 합니다. 저도 도움을 받은 만큼 아는 것과 경험을 나누며 용기를 전해주고 싶습니다. 소통 자체로도 의미가 있지만, 저는 그런 마음을 담아 계속해서 세상과 소통하려고 합니다.

어려움을 겪고 있는 많은 스타트업 종사자들이 스타트업 실패 후 택배로 재기한 제 이야기에 공감하며 용기를 얻었으면 합니다. 그리고 우울증으로 남모를 고통 속에 있는 직장인과 취업 준비생들에게도 저의 우울증 극복기가 희망이 되기를 바랍니다.

제가 받은 은혜를 갚고자 하는 마음은 다른 방법으로도 담아내고 있습니다. 수입이 모자란 시기에는 낼 수 없었던 헌금도 다시 내고 있고, 기부 사업을 시작해 지인들에게도 전파시켰습니다. 첫 지인 참여자는 실리콘밸리에서 엔지니어로 일하며 한국 예능을 즐겨 보는 선배였지요. 정확한 금액을 밝히기는 어렵지만 아주 통 크게 기부했습니다. 저는 이 사업을 '돈쭐 내기 기부 사업'이라고 불렀습니다. 반찬 배달 일로 번 모든 수입과 지인들의 기부금을 합쳐서 정기적으로 나눔냉장고 후원 사업에 동참했습니다. 2020년 중순부터 2022년 말 지원사업이 종료될 때까지 600박스 이상의 반찬이 독거노인

가구를 비롯한 1인 가구에 전달됐습니다. 그때의 뿌듯함과 감사함은 말로 설명하기 어려울 정도로 벅찼습니다. 그 마음을 잊지 않고 이제는 기부하기 위해 반찬기업 지점장 일과 택배 사업을 하고 있습니다.

성경에 이런 이야기가 짧게 나옵니다. 어느 잔치에서 포도주가 떨어졌는데 예수님이 물동이에 물을 가득 채워 손님들에게 따라주라고 지시합니다. 물을 따르던 하인들은 눈앞에서 물이 포도주로 변하는 기적의 순간을 목격하지요. 그 사실을 알 리 없는 손님들은 그저 감탄합니다. 보통은 좋은 포도주를 먼저 주고 손님들이 취해서 맛을 느끼기 어려워지면 덜 좋은 것을 내놓는데, 처음 먹은 포도주보다 이 포도주가 훨씬 맛있다고요.

워낙 짧게 언급되는 이야기라 다음 내용은 없지만 하인들이 주변에 그 기적의 경험을 알리지 않았을까 상상합니다. 저는 그 하인이 되고 싶습니다. 저에게도 수많은 기적의 순간이 있었기에 하인들과 같은 마음으로 제 이야기를 공유하고 세상과 소통하고 싶은 거지요.

매일 새벽이면 떠오르고 저녁이면 지는 태양이 주는 감

동은 어떠한 글이나 영상으로도 완벽하게 표현할 수 없습니다. 마찬가지로 제 글솜씨로는 생생한 그 기적의 현장을 설명하기 어렵겠지요. 그래도 조금이라도 그 기적의 맛을 공유하며 용기와 격려를 전하고 행복한 순간들을 나누고 싶은 마음으로, 오늘도 행복을 배송하는 택배 기사의 삶을 이어갑니다.

즐겁고 감사한 일이란다

"아빠, 이제 택배 일은 안 해도 되지 않아요?"

어느 날 둘째 아들이 물었습니다. 택배 일을 그만둬도 되지 않느냐고요. 택배 일을 하며 '언제쯤 이 일을 안 해도 되는 날이 오려나?' 하고 한탄하던 제가 재기에 성공한 후 자기 자신에게 했던 질문이기도 합니다.

아빠가 다시 회사에 다니기를 기도했다는 속 깊은 아들에게 저는 이렇게 답했습니다.

"그래, 아빠는 이제 건강해져서 회사도 다니니까 택배 일을 꼭 할 필요는 없어. 그렇지만 아빠한테 택배는 즐겁고 감사한 일이란다. 사람들이 기다리는 선물을 전해주는 건 무척 즐겁거든. 새벽부터 운전해서 배송하지 않고 저녁 때 집하만 하면 되니까 아주 감사하기도 하고."

택배 기사로 일하며 저는 건강을 회복해 새로운 삶을 얻었습니다. 사업과 투자에도 눈을 떴고, 오디오북으로 하루하루 업그레이드하며 살다 보니 빠르게 변화하는 IT 스타트업 분야로 복귀할 수 있었습니다. 낮에는 혁신적인 IT 기술이 필요한 스타트업들에게 글로벌 진출의 기회를 제공하는 글로벌 테크기업의 한국지사장이지만, 밤에는 전기 트럭을 몰고 택배 박스를 나르는 택배 집하 기사가 됐지요.

저에게 '택배 기사'라는 말은 거대한 물류 시스템의 이름 없는 노동자가 아닌 새로운 의미가 되었습니다. 힘든 시간을 통과해 성숙해지고 업그레이드된 저를 떠올리게 하는 말이자, 송도의 행복한 택배 기사라는 제 부캐의 정체성이 담긴 말입니다. 저는 세상을 다른 관점으로 바라보며 사업과 투자의 기회를 찾는 사람이면서 동시에 사람들에게 전해질 행복을 옮기는 택배 기사이기도 합니다. 매일 새벽에 일어나 환상적인 태양을 보며 힘차게 하루를 시작하고, 인천대교에서 황홀한 석양을 보며 하루하루에 감사해하는 부지런하고 충만한 사람이기도 하지요.

이런 제 이야기가 누군가에게 응원과 격려 그리고 희망으로 닿기를 바랍니다.

이 책을 쓸 수 있도록 기회를 준 남충식 국장님과 휴먼큐브 임직원분들, 기도로 격려해주신 변제임스 목사님께 깊은 감사의 말씀 올립니다. 그리고 그 누구보다도 컴컴한 동굴과 같은 힘든 시간을 함께 통과해준 아내와 세 아들에게 진심으로 고맙다는 말을 전합니다.

탐탐문고
행복한 택배 기사

© 임동욱 2024

1판 1쇄 인쇄 2024년 2월 19일
1판 1쇄 발행 2024년 3월 13일

지은이 임동욱
펴낸이 황상욱

편집 이은현 박성미 | **디자인** 박선향
마케팅 윤해승 장동철 윤두열 양준철 | **경영지원** 황지욱
제작처 한영문화사

펴낸곳 ㈜휴먼큐브 | 출판등록 2015년 7월 24일 제406-2015-000096호
주소 03997 서울시 마포구 월드컵로14길 61 2층
문의전화 02-2039-9462(편집) 02-2039-9463(마케팅) 02-2039-9460(팩스)
전자우편 yun@humancube.kr

ISBN 979-11-6538-378-7 (04810)
      979-11-6538-377-0 (세트)

인스타그램 @humancube_group 페이스북 fb.com/humancube44